Atlantis rückwärts
Bundesland 17 (ehemals unser Ruhrgebiet)

Henselowsky
Boschmann

Inhalt

Impressum

Boschmann und Bunpanya-Boschmann GbR
Schützenstraße 31 · 46236 Bottrop
post@vonneruhr.de · www.vonneruhr.de
1. Auflage 2020
ISBN 978-3-948566-03-6
Umschlaggestaltung und Illustrationen: Susi Lilienfeldt
Druck: Friedrich Pustet GmbH & Co. KG, Regensburg

epich 17
https://de.wikipedia.org/wiki/emscherland

WIKIPEDIA

Die freie Enzyklopädie

Emscherland (2. Oktober 2024 bis 29. September 2035 Ruhrland; im Volksmund auch: Bundesland 17, B 17; ehemals: Ruhrgebiet, Revier, Pott, Ruhrpott, Kohlenpott, Ruhrstadt, Metropole Ruhr, Rhein.-Westf. Industriegebiet u .v. a. m.); mit rund 4,4 Mill. Einwohnern und einer Fläche von 4.022,72 km^2 das 17. Bundesland des BRD.

Chronologie

2. Februar 2020

Nach einem Vortrag im Ausflugslokal „Mutter Wehner“ in Oer-Erkenschwick, initiiert von Ernst Holtkämper (SPD), breitet sich die Diskussion über Gemeinwohl-Ökonomie auf das gesamte Ruhrgebiet aus.

30. August 2020

CDU, SPD und Grüne des Ruhrgebiets schließen sich zur „CDU-SPD-Grüne-Koalition CSGKO“ zusammen.

13. September 2020

Das Ruhrgebietsparlament wird erstmalig direkt gewählt. Die Wahlbeteiligung beträgt 14,2 Prozent. Die CSGKO erhält 69 Prozent der Stimmen.

14. September 2020

Protestaktionen in vielen Städten des Ruhrgebiets gegen die Gültigkeit der Wahl. Bei der Stürmung der Zentrale des Regionalverbandes Ruhr 112 Festnahmen, keiner verletzt.

16. September 2020

Gründung der Dortmunder Gruppe „Land der aufgehenden Sonne“, die mit einem „Regierungskonzept für das Bundesland siebzehn“ beim Bundes-Wettbewerb „Visionen“ teilnimmt.

22. September 2020
„Butzemann-Eklat". Die Abgeordnete Gerti Zuber-Wambel (SPD) beantragt am Schluss ihrer Rede auf der ersten Sitzung des neu gewählten Ruhrparlaments „die Spaltung NRWs, die Trennung vom nördlichen Rheinland und die Ausrufung des Freistaats Westfalen als 17. Bundesland mit Dortmund als Hauptstadt". Gerti Zuber-Wambel wird daraufhin aus der SPD ausgeschlossen, behält ihr Mandat und schließt sich der Gruppe „Land der aufgehenden Sonne" an.

29. September 2020
Die CSGKO verabschiedet mit Zweidrittelmehrheit eine bis 31. Dezember 2020 geltende Corona-Ausgangssperre für alle Einwohner des Ruhrgebiets, die nicht das Parteibuch einer der drei Koalitionsparteien besitzen. Die drei können innerhalb dieser Zeitspanne zusammen 722 675 neue Mitglieder verbuchen.

1. Januar 2021
Ab Mitternacht unangemeldete Demonstrationen in allen Städten des Ruhrgebiets; in Rüttenscheid wird die Gaststätte „Alt-Düsseldorf" unter Rufen wie „Freiheit für den Ruhrpott!" von einer stark alkoholisierten Menge demoliert. 18 Festnahmen, keiner verletzt.

1. Mai 2021
„Sternmarsch auf Schnöseldorf". Nach offiziellen Angaben 60 000 Teilnehmer; die Gruppe „Land der aufgehenden Sonne" als Veranstalter spricht von 200 000 Teilnehmern. Vor, während und nach der Kundgebung vor dem Landtag in Düsseldorf keine Festnahmen und keiner verletzt. In ihren Reden fordern Gerti Zuber-Wambel und Ernst Holtkämper die Loslösung des Ruhrgebiets von NRW.

1. Januar 2022
Das Gesetz zur „Aktivierung wirtschaftlicher Aktivitäten durch fördernde Regelungen in einer Sonderwirtschaftszone Ruhr“ tritt in Kraft. Auf A 40 und A 42 gilt ab diesem Tag eine Geschwindigkeitsbegrenzung von 80 km/h.

16. September 2022
Die Gruppe „Land der aufgehenden Sonne“ gewinnt mit ihrem „Regierungskonzept für das Bundesland siebzehn“ den Bundes-Wettbewerb und gibt bekannt, dass sie sich als Partei für die nächste regionale Wahl aufstellen lassen wird.

3. März 2024
Volksentscheid zur Neugliederung des Bundesgebiets nach Artikel 29 des Grundgesetzes. 91,4 Prozent der Wähler machen ein Kreuzchen bei „Ja, ich will, dass das Ruhrgebiet ein eigenes Bundesland wird“.

15. September 2024
Wahl zum Landtag. Beteiligung 87,6 Prozent. Offizielles Endergebnis: CDU – 18,3 Prozent; SPD – 16,8 Prozent; Grüne – 15,2 Prozent; „Land der aufgehenden Sonne“ – 40,2 Prozent; FDP – 1,2 Prozent; Linke – 3,3 Prozent; AfD – 0,4 Prozent; Freiheit für Duisburg – 4,6 Prozent.

16. September 2024
Erste Sitzung des Landestags im Gebäude des Regionalverbandes Ruhr (RVR) auf der Kronprinzenstraße in Essen. Die CSGKO wählt Pieter Vandermijne zum Ministerpräsidenten. In seiner Antrittsrede gibt dieser bekannt, dass er die Amtsbezeichnung „Oberbürgermeister“ tragen wird. Zusätzlich zu den klassischen Landes-Ministerien richtet er das Ministerium für Mitgefühl und Menschlichkeit ein.

1. Oktober 2024
Die Stadt Duisburg erklärt um 23.59 Uhr ihren Austritt aus dem Regionalverband Ruhr und bewirkt durch eine einstweilige Verfügung den sofortigen Übertritt ins Bundesland Rheinland, den sog. „Duxit". Um 0.00 Uhr erfolgt die offizielle Auflösung des Regionalverbandes Ruhr. Alle Angestellten des RVR werden Beamte der Landesregierung.

2. Oktober 2024
Unterzeichnung der Gründungsverträge und Vereidigung des Kabinetts im Dortmunder U. Der 2. Oktober wird in den Rang eines jährlichen arbeitsfreien gesetzlichen Landesfeiertages erhoben.

8. Oktober 2024
Der Landtag beschließt mit der Mehrheit der CSGKO, dass das neue Bundesland bis auf weiteres den Namen „Ruhrland" tragen soll. Die finale Entscheidung soll in absehbarer Zeit durch eine Volksabstimmung getroffen werden. Das Ruhrland-Parlament soll ab 2026 in halbjährigem Wechsel auf Zeche Zollverein (1. Jahreshälfte) und im Dortmunder U (2. Jahreshälfte) residieren und die Regierung dort ihre Sitze bekommen. Für Um- und Zubauten beider Lokalitäten werden 3,1 Milliarden Euro bewilligt. Die beiden Städte dürfen sich für den jeweiligen Zeitraum „Landeshauptstadt Ruhrland" nennen. Feierliches Hissen der Ruhrlandflagge an öffentlichen Gebäuden; Aufstellen von Ruhrlandhinweisschildern an Autobahnen.

2. Oktober 2025
Am Landesfeiertag werden eröffnet: die Staatsbibliothek Ruhr in Bochum, die Staatliche Theatersammlung Ruhr in Dortmund und die Staatliche Pinakothek Ruhr in Hagen.

Die Staatskapelle Ruhr spielt zur Eröffnung der offiziellen Feierlichkeiten im Georg-Melches-Stadion an der Essener Hafenstraße die neue Landeshymne „Kommt ins Ruhrland – Hand in Hand".

1. Januar 2026
Das statistische Bundesamt gibt bekannt, dass sich die Bevölkerungszahl von Ruhrland durch den Duxit und durch die Abmeldung weiterer Personen seit der Gründung um 741 512 Einwohner verringert hat. OB Vandermijne und der Minister für Mitgefühl und Menschlichkeit starten das Programm „Monat der Empathie". Der OB und sein Sohn Mats nehmen am ersten „Monat der Empathie" teil.

2. Oktober 2026
Es werden eröffnet: Siedlung „Wohnen wie auf dem Dorf. Leben wie in einer Großstadt" (Hamborn), Startup-Siedlung Zeche Ewald (Herten), Organ-Chip-Zentrum-West (Bottrop), Perowskit-Solarzellen-Labor (Mengeder Heide), Zentrale Robotik und Navigation (Ückendorf).

2. Oktober 2027
Für seine bahnbrechenden Studien wird dem „Institut für neue Lebens- und Arbeitswelten" (Osterfeld) der „Ruhrland-Innovationspreis" verliehen. Start des Verkehrsverbundes Ruhrland und der RuhrBahn sowie Einführung des RuhrTickets, mit dem das gesamte Ruhrland bereist werden kann. Sperrung der A40 für den Autoverkehr und an ihrer Stelle Eröffnung der Fahrradstrecke 40 (FS40).

29. Februar 2028
Das neue „Ministerium für regionale Gleichbehandlung" erhält seinen Amtssitz in Castrop-Rauxel-Habinghorst.

2. September 2029
Wahl zum Landtag. Beteiligung: 61,2 Prozent. Offizielles Endergebnis: CDU – 9,1 Prozent; SPD – 11,8 Prozent; Grüne – 21,1 Prozent; „Land der aufgehenden Sonne" – 54,2 Prozent; andere Parteien – 3,8 Prozent.

3. September 2029
Die CSGKO erklärt die Wahl für ungültig und wählt OB Pieter Vandermijne ab. Nach Art. 48 der Ruhrlandverfassung ernennt die CSGKO Sebastian Wohlig (Grüne) zum Ministerpräsidenten eines Präsidialkabinetts. Als Termin für die nächste Wahl wird der 5. März 2033 festgelegt.

2. Oktober 2030
Eröffnung der Moschee in der ehemaligen Markuskirche in Essen-Frohnhausen. Beginn der „Großen Schulreform".

27. Februar 2033
„Rathausbrand". Kurz nach 21 Uhr wird ein Brand im Bottroper Rathaus gemeldet. Die Feuerwehr braucht bis 0.25 Uhr, um ihn unter Kontrolle zu bekommen. Die Brandstifter werden unweit des Tatorts in einer Gaststätte, in die sie sich geflüchtet hatten, verhaftet. Sie gehören allesamt der Partei „Land der aufgehenden Sonne" an.

28. Februar 2033
Das Präsidialkabinett verhängt ein Ausgangsverbot bis einschließlich 5. März 2033 für alle Einwohner, die nicht das Parteibuch einer der Parteien der CSGKO besitzen. Die Partei „Land der aufgehenden Sonne" wird wegen Separatismus und Aufruhr verboten; deren Mitglieder werden aufgefordert, ihr Parteibuch zu verbrennen und in eine der Parteien der CSGKO einzutreten.

5. März 2033
Wahl zum Landtag. Beteiligung: 93,4 Prozent. Offizielles Endergebnis: CDU – 22,8 Prozent; SPD – 34,3 Prozent; Grüne – 42,9 Prozent. Das Ruhrland-Parlament beschließt, dass aufgrund der eindeutigen Ergebnisse die nächste Wahl erst am 5. März 2051 abgehalten werden soll.

2. Oktober 2033
Ende der „Große Schulreform“: Schulgarten, Schulladen sowie einen Schulhof aus strapazierfähigen Gräsern besitzt jede Schule. SchülerInnen können bei Schulbeginn zehn Minuten lang still für sich lesen. Keine Hausaufgaben mehr. Schulklassen bestehen maximal aus 16 SchülerInnen.

29. September 2035
Volksabstimmung zur Namensgebung des 17. Bundeslandes. Beteiligung: 98,7 Prozent. Offizielles Endergebnis: „Emscherland“: 69,1 Prozent; „Ruhrland“: 31,9 Prozent.

2. Oktober 2035
Feierlichkeiten in allen Städten und Gemeinden; Hissen der Emscherland-Landesflagge an öffentlichen Gebäuden; Aufstellen von Emscherland-Hinweisschildern an Autobahnen. Eröffnung der Kabinenbahn entlang der FS 40.

31. Dezember 2036
Die letzte gedruckte Ausgabe der WAZ erscheint. Fortan erscheint die Zeitung nur noch online.

4. Mai 2037
„Neues vonne Ruhr – der Blog für Bundesland 17“ wird für seine Serie „Wie wir endlich wir wurden“ mit dem Pulitzer-Preis ausgezeichnet.

1. Juli 2037
Die UNESCO ernennt die Küstenregion Dortmund zum „Weltmöwen-Erbe“. Das bei den Deich-Bewohnern sehr beliebte „Pflücken“ von Möwen wird unter Strafe gestellt.

1. Januar 2044
Emscherland ist offiziell das erste treibhausgasfreie und gemeinwohlorientierte Bundesland der BRD. Der Ruhrdeutsche Rundfunk (RDR) startet das Manger-Jahr mit der Ausstrahlung von „Der Schwiegermuttermörder“ zu jeder vollen Stunde.

5. März 2050
Wahltage zum Landtag. Beteiligung 98,7 Prozent. Offizielles Endergebnis: CDU – 16,1 Prozent; SPD – 42,3 Prozent; Grüne – 41,6 Prozent. Sarah Sanftmut (SPD) wird zur Ministerpräsidentin gewählt. Das Gesetz „Wanderparlament- und -hauptstadt-Emscherland“ tritt in Kraft.

2. Oktober 2050
Die Einnahmen durch Kurtaxe und die Zahl der Kurgäste aus dem Sauerland haben sich in den ersten neun Monaten des Jahres verdreifacht. Die Fährverbindung Haltern – Oer-Erkenschwick wird eröffnet. Dortmunds Chateau Phönix wird zum „Wein des Jahres“ gekürt.

11. April 2051
Erscheinen der Studie „Ruhrpott, Ruhrpott! Na dann, prost!“, in der gefordert wird, Emscherland unter dem Namen „Ruhrgebiet“ in ein neues Bundesland Nordrhein-Westfalen einzugliedern.

Letzte Aktualisierung: 12. April 2051

Einhard Schmidt-Kallert
Erinnerungen an die A 40

„Oma, guck mal …

… ich glaube, der Schnittlauch ist schon wieder gewachsen? Kann ich gleich was davon abschneiden? Und darf ich dir nachher beim Kochen helfen?“, fragt die vierjährige Fiona. – „Ja, und von den Radieschen sind auch einige schon so weit. Aber der Salat muss erst noch etwas größer werden. Schau mal, bei den Tomaten sind schon ein paar rote dabei, die Sonne hat an den letzten Tagen so schön geschienen, die roten darfst du nachher abpflücken!“

Wir schreiben das Jahr 2040, Oma Sophie ist mit ihren Enkelkindern, dem achtjährigen Timo, der zwölfjährigen Leonie und der kleinen Fiona zu ihrem Hochbeet im Nachbarschaftsgarten an der Wickenburg gefahren. Alle auf Fahrrädern, nur Fiona mit ihrem Tretroller, dem Kickie, mit dem sie schon richtig düsig unterwegs ist und die anderen manchmal sogar abhängt. Bremsen kann sie auch längst im richtigen Moment.

„Ich sehe was, was ihr nicht seht. Hinten, an der Betonwand sehe ich schon die ersten reifen Himbeeren“, ermuntert die Oma ihre Enkel. – „Auch schon Brombeeren?“, fragt Timo. – „Die kommen später“, erläutert die Oma.

Während die Kinder Himbeeren pflücken, immer abwechselnd eine Beere in den Mund, die nächste in die mitgebrachte Blechdose, spricht die Oma mit der Nachbarin Janine, zwei Beete weiter; die hat schon so viele Zucchini geerntet wie lange nicht, Sophie kann ein paar mitnehmen und gibt der Nachbarin dafür ein paar Gartenkräuter. Hinter den Hochbeeten auf der Sandfläche spielen junge Leute Beachvolleyball, daneben steht ein Kiosk mit Bänken drumherum. Heute ist auch ein Eiswagen da.

Sophie zupft noch ein bisschen auf dem Hochbeet, nicht zu viel, die Löwenzahnpflänzchen und ein paar Gräser lässt sie stehen.

Nach einer Weile kommen die Kinder zurück, die Blechdose ist inzwischen voll. „Soll ich euch ein Eis ausgeben, bei dem schönen Wetter?“, fragt die Oma – und weiß die Antwort natürlich längst selbst. Jeder darf sich zwei Kugeln aussuchen. Alle sitzen auf einer Bank und lecken am Eis. Timo hat ein Stückchen weiter im Schulgarten Kinder aus der 2B der Herderschule, eine Klasse tiefer als er, mit ihrem Lehrer entdeckt. Im angrenzenden Schulgarten bauen Schüler der Realschule Essen-West zusammen mit einer Lehrerin und ein paar Eltern an einem großen Trampolin.

Die kleine Fiona langweilt sich ein bisschen: „Oma, kannst du uns eine Geschichte erzählen?“ – „Vielleicht Hänsel und Gretel? Oder Rapunzel?“ – „Nö, bitte kein Märchen, wir sind doch keine Babys“, mault Timo. „Dann schon lieber die Geschichte vom goldenen Bein!“ – „Die ist zu schrecklich, da kriege ich Ärger mit euren Eltern“, ziert sich die Oma. – „Dann erzähl doch noch mal was von früher, als du klein warst!“ – „Ja, Oma, als du klein warst“, begeistert sich Fiona und wird ganz zappelig.

„Also gut. Das, wo wir hier sitzen, war früher eine Autobahn, und in der Mitte, wo unser Nachbarschaftsgarten ist, fuhr eine U-Bahn …“ – „Wissen wir doch“, unterbricht Leonie, „Oma, du hast mich doch noch mitgenommen auf die Abschiedsfahrt …“ – „Vor ziemlich genau fünf Jahren“, ergänzt die Oma. „Die U-Bahn brauchen wir jetzt nicht mehr, wir haben ja jetzt die Kabinenbahn, wenn wir zum Hauptbahnhof oder ins Theater wollen. Oder wenn wir Klamotten in der Stadt kaufen müssen.“

In dem Moment gehen alle vier Köpfe in die Höhe. Vor dem strahlend blauen Himmel summen gleich drei der bunt lackierten Kabinen vorbei. „Wann darf ich mal alleine Kabinenbahn fahren?“, will Fiona wissen. – „Ich glaube, wenn du in die Schule kommst und ein bisschen lesen kannst, bekommst du auch ein iPod; damit kannst du dann eine Kabine bestellen“, beruhigt die Oma.

„War aber auch irgendwie cool, früher mit der U-Bahn“, findet Leonie, „da haben wir manchmal andere Kinder getroffen und sind zusammen an den roten Stangen hochgeklettert. Ich weiß auch noch die Ansagen: ‚Nächster Halt Hobeisenbrücke‘, ‚nächster Halt Breslauer Straße‘, ‚nächster Halt Wickenburgstraße‘ …“ – „Stimmt“, gibt die Oma zu, „heute geben wir in unserem Handy ja immer nur eine Station ein, die, wo wir wirklich hinwollen. Zwischendrin wird nicht gehalten. Aber was glaubt ihr, wie oft ich früher vergessen habe, an der Wickenburg auszusteigen! Besonders in der Zeit, als die ersten Harry-Potter-Bände rauskamen und wir alle in der U-Bahn die Nase im neuesten Band hatten.“ – Timo erinnert die Oma an ihr Versprechen: „Oma, das mit der U-Bahn wissen wir doch, wir waren schließlich dabei, als die Schienen rausgerissen wurden. Erzähl jetzt bitte von früher, als du so klein warst wie wir jetzt …“

Oma Sophie holt tief Luft und legt los:

„Als ich klein war, war das hier eine Autobahn mit ganz viel Verkehr. Von morgens bis abends und natürlich auch in der Nacht brauste hier ein Auto nach dem anderen, ein Lastwagen nach dem anderen vorbei. Die Autobahn hatte man tiefer gelegt als die angrenzenden Stadtteile. Die Betonwände auf beiden Seiten, die sind ja noch da, auch wenn jetzt alles bepflanzt ist und man die Bienen summen hört, wenn man nah an die Obstspaliere geht. In der Mitte, da wo jetzt unser Hochbeet ist, war die U-Bahn-Station. Da bekam man den Gestank und den dröhnenden Lärm von den Autos und den Lastwagen aus nächster Nähe mit. Das war irre laut. Wenn wir auf dem Bahnsteig standen, konnte man sich nicht mal laut schreiend unterhalten.

Manchmal haben wir Kinder zusammen ‚Stille Post' gespielt, aber da kam nie was Richtiges an … Als ich 1977 mit zehn auf die weiterführende Schule kam, musste ich jeden Tag mit der U18 fahren. Meine Mutter, eure Uroma, sagte nur ‚mein armes Kind, jeden Tag an dieser Haltestelle'…"

„Aber Oma, so laut können Autos doch gar nicht sein!?" – Oma Sophie lächelt. „Natürlich, ihr kennt ja nur die drei Nachbarschaftsautos in unserer Straße, die wir auch manchmal benutzen. Die haben alle einen Elektromotor. Das kann man nicht vergleichen mit den Autos damals. Die fuhren mit Benzin oder Diesel. Stanken. Und waren laut. Und an ganz schlimmen Tagen hörte man noch die Flugzeuge vom Düsseldorfer Flughafen über uns." Und an Fiona gewandt: „Die Lastwagen machten alle ‚Brrrrrrrrr', und die Autos machten ‚Brrrrr'. Jedes einzelne Auto. Und alle zusammen waren natürlich noch lauter."

Das gefällt Fiona. Nun versuchen alle vier, nach Leibeskräften „Brrrrr" und „Brrrrrrrrr" zu schreien. Trotzdem ruft Oma Sophie: „Lauter, lauter! Das ist noch lange nicht so laut wie damals an der Wickenburg!"

„Oma", fragt Fiona, „du kannst doch zaubern!?"
„Ja, manchmal, wenn ich gut drauf bin." – „Kannst du gerade mal zaubern, dass die Wickenburg wieder so wird wie damals, als du klein warst? Mit ganz vielen Autos. Und natürlich auch Flugzeugen. Nur für einen Tag. Bitte!" – „Vielleicht kann ich das. Aber was ist, wenn ich uns nicht wieder in unsere Zeit zurückzaubern kann? Manchmal vergesse ich den richtigen Zauberspruch." – „Schade, ich dachte ja nur …"

„Aber haben sich die Menschen damals nicht beschwert? Haben sie denn gar nichts gegen den Lärm gemacht? Und die Politiker damals?", fragt Leonie. – „Doch, es wurde viel darüber gesprochen. Mein Papa, dein Uropa, ihr wisst ja, der ist immer viel in anderen Ländern unterwegs gewesen, der sagte immer: ‚So etwas gibt es sonst nur in Mexiko-Stadt und in Santiago in Chile, U-Bahnen und U-Bahn-Stationen auf dem Mittelstreifen einer Stadtautobahn! Ein Skandal ist das, dass diese Autobahn mitten durch Essen geht.‘ In unserer Zeitung war viel von ‚Lärmterror‘ die Rede.“ –„Und warum wurde die Autobahn nicht einfach für Autos und Laster gesperrt?“, fragt Timo. – „Das traute sich damals keiner. Jedenfalls noch nicht“, antwortet die Oma. „Weniger Autos, weniger Lastwagen auf den Straßen, weniger Fahrspuren, Parkplätze und weniger Autobahnen, das alles konnte sich damals kaum jemand vorstellen. Die meisten Politiker lachten über solche spinnerten Ideen. Da fällt mir ein, euer Uropa schrieb damals einen Brief an die Zeitung, der auch gedruckt wurde. Den habe ich noch zu Hause. Er schrieb in dem Brief von dem ohrenbetäubendem Lärm, dem seine Kinder jeden Tag an der Haltestelle ausgesetzt seien. Und dann schrieb er, die Politiker nähmen Bewegungsfreiheit für Autos ernster als die Bedürfnisse der Menschen in der Stadt. Am Ende schlug er vor, die Autobahn in einen kreuzungsfreien Radweg umzuwandeln. Na ja, kaum einer nahm seine Ideen ernst.“

„Aber ist denn danach gar nichts passiert?“, bohrt Timo noch einmal nach. – „Doch, es gab ein paar Jahre lang eine Tempolimit auf 80. Dann wurde ‚Flüsterasphalt‘ verlegt. Hat aber alles so gut wie nichts gebracht. Der Lärm blieb. Autos und Laster wurden immer mehr. Wenn morgens Stau war, freuten wir uns; die Abgase blieben natürlich, der Gestank blieb, aber der Lärm war weniger. Und wenn wir in der U-Bahn saßen, überholten wir die stehenden Autos! Das war alles. Ach ja, und im Jahre 2010, da waren Essen und das Ruhrgebiet Europäische Kulturhauptstadt, da wurde die ganze Autobahn für einen Tag gesperrt! Für einen ganzen Tag! Nur Radfahrer und Fußgänger durften auf die Fahrbahn. Und Leute, die Essensstände und Spiele aufgebaut hatten. Dass so etwas möglich war! So viele Freunde und Bekannte zu treffen, ganz ohne Lärm! Und neue Freunde kennenzulernen! Aber leider nur einen Tag lang. Dann war alles wieder vorbei. Fiona, damals hätte ich gerne gezaubert." – „Warum hast du die Autobahn nicht einfach weggezaubert?" – „Konnte ich damals noch nicht. Aber später war ich dabei, als in unserem Stadtteil und in ganz Essen immer mehr Leute mehr Platz für Radfahrer und weniger für Autos gefordert haben … Kommt, ich sehe, dass ihr alle euer Eis aufgeschleckt habt, ihr wart ja viel schneller als ich! Wahrscheinlich, weil ich so viel von früher erzählen musste. Helft mir mal, unser Gemüse in meinen Anhänger zu laden. Wir fahren dann noch zu der megagroßen Rutschbahn an der Hobeisenbrücke." Fiona und Timo sind sofort einverstanden.

Alle vier fahren den kurzen Weg bis zur Hobeisenbrücke auf ihren Rädern. Die Aufzüge der alten U-Bahn sind noch da, damit ältere Leute leicht nach unten kommen. Aber daneben ist ein riesiges grünes Rohr, wie eine Riesenschlange, das mit vielen Windungen vom früheren U-Bahn-Eingang nach unten führt. Wirklich eine megalange Rutschbahn für Kinder! Timo und Fiona laufen sofort die Eisentreppe nach oben. Die Oma ruft noch hinterher: „Timo, pass auf die Kleine auf, lass sie nicht alleine runterrutschen, dass sie im Rohr keine Angst bekommt!" – „Alles klar, Oma!"

Leonie bleibt unten bei der Oma und schüttelt den Kopf. „Was ich nicht verstehe, wie ihr das dann geschafft habt, dass die A40 am Ende ganz für Autos gesperrt wurde und hier all die Gärten angelegt wurden. Und der Radweg von Duisburg nach Dortmund. Und die Strecke für Jogger. Und die Plätze für Beachvolleyball. Wo doch keiner sein Auto hergeben wollte." – „Das stimmt. Das war ein langer Weg, ehrlich gesagt, vor zwanzig Jahren habe ich selbst nicht für möglich gehalten, dass es so weit kommen würde … Ach sieh mal an, wer da auf dem lila Fahrrad vorbeikommt. Das ist ja die Yvonne! Das ist unsere Landtagsabgeordnete. Die vertritt Frohnhausen und Holsterhausen im Landtag in der Kronprinzenstraße. Warst du eigentlich schon mal dort, Leonie?" – „Klar, schon in der Grundschule waren wir mit der ganzen Klasse im Landtag." – „Na, dann hast du Yvonne bestimmt schon gesehen!" – „Ja."

„Hallo, Yvonne, halt doch bitte mal an!
Meine Enkelin Leonie will wissen, wie das damals war mit der Mobilitätswende. Das kannst du besser erklären als ich. Denn zu der Zeit war ich ja gar nicht in Deutschland."

Yvonne steigt vom Rad. „Leonie, wie alt bist du jetzt? Und in welcher Klasse?" – „Zwölf Jahre, und in der sechs." – „Schon sechste Klasse, wie die Zeit vergeht! Aber zu deiner Frage: Was du hier siehst, dieses grüne Band der Länge nach durchs Ruhrgebiet, wir sagen immer noch die ‚A 40', aber immer nur in Anführungsstrichen, das war nicht immer so …" – „Ich weiß, ich weiß", murmelt Leonie und verdreht ein wenig die Augen. – „Gut." Yvonne lässt sich nicht beirren und redet weiter: „Im Grunde hat das alles mit den Jahren 2019 und 2020 zu tun. 2019, da war ich sechzehn, und da gingen wir Schüler jeden Freitag zum Demonstrieren auf die Straße. ‚Fridays for Future' nannten wir das. Wir wollten, dass die Politiker endlich was gegen den Klimawandel tun sollten. Gegen den immensen Ausstoß von Treibhausgasen. Wir gingen einfach nicht in die Schule, sondern wir demonstrierten stattdessen. Für wirksame Maßnahmen gegen den Klimawandel. Mit selbstgemalten

Plakaten. Einige von uns griffen die Forderung nach einer ‚Mobilitätswende' auf. Essen hatte damals weniger als 600 000 Einwohner. Aber mehr als 350 000 zugelassene Autos und LKWs. Stell dir das mal vor! Ein Wahnsinn! Wir kommen aus mit viel weniger Autos und brauchen Platz für Radfahrer und Fußgänger! Um in der Stadt besser und entspannter zu leben. Wir wurden mehr. Mehr, die so dachten, aber leider noch lange nicht die Mehrheit. Und dann erlebten wir im März 2020 etwas sehr Bedrohliches. Die Corona-Pandemie, die auf der ganzen Welt wütete. Hast du davon schon gehört?" – „Klar, auf der Schule in Bio, und natürlich von meinen Eltern, die haben das ja alles mitbekommen." – „Es war schlimm, jeden Tag infizierten sich mehr Menschen, viele starben. Keiner wusste, wie lange das dauern würde. Die Regierung verhängte ein Kontaktverbot, alle Schulen wurden geschlossen. Viele Menschen arbeiteten von zu Hause aus. Trotzdem starben viele Menschen, weil es noch keine passenden Medikamente und keinen Impfstoff gab." – „Ich weiß." – „Wir mussten alle unser Leben ändern. Wir durften nicht mehr mit dem Flugzeug reisen. Stattdessen machten wir mehr Spaziergänge im Freien, wir lernten so unsere Umgebung besser kennen. Und wenn wir aus dem Fenster schauten, sahen wir viel weniger Autos als sonst auf den Straßen. So etwas hatte keiner von uns schon einmal erlebt …" – „Aber die Kontaktsperre war doch irgendwann zu Ende?" – „Stimmt. Aber nach den Wochen der Kontaktsperre war die Stimmung umgeschlagen. Bei uns im Ruhrgebiet wollten immer mehr Menschen die Mobilitätswende. Nur die Landesregierung von Nordrhein-Westfalen gab wenig Unterstützung. Doch dann ärgerten sich immer mehr Menschen bei uns, dass alle wichtigen Entscheidungen in Düsseldorf gefällt wurden, nicht hier bei uns … Und dann kam 2024 der Volksentscheid..." – „... zur Neugliederung des Bundesgebiets", ergänzt Leonie schnell. – „Nach Artikel 29 des Grundgesetzes ... du hast gut aufgepasst in der Schule ... Und seitdem sind wir 17. Bundesland und haben unseren eigenen Verkehrsminister. Nur zwei Jahre später wurde die A40 endgültig für den Auto- und LKW-Verkehr gesperrt."

In dem Moment kommen Timo und Fiona schon zum dritten Mal aus der Öffnung der grünen Riesenrutsche und fallen laut lachend in den weichen Sand.

„Danke, Yvonne", sagt Oma Sophie.
„Das war mir bisher auch nicht so klar. Vor allem, wie die schlimme Corona-Zeit unsere Gesellschaft und unsere politische Kultur verändert hat ..." Oma Sophie sammelt ihre drei Enkelkinder ein, es wird Abend; Zeit, nach Hause zurückzufahren.

Samstagabend. Von der Apostelkirche sind die Glocken zu hören, die den Sonntag einläuten. Sophie fällt ein, dass sie früher von der Wickenburg aus die Glocken nie hören konnte. Und kurz bevor die vier mit ihren Fahrrädern zu Hause ankommen, hören sie aus der anderen Richtung den Muezzin zum Abendgebet rufen. Viele Alteingesessene mussten sich erst an die Moschee in der Nachbarschaft gewöhnen. Aber Sophie war eigentlich sehr erleichtert, als die Evangelische Kirchengemeinde vor zehn Jahren die Markuskirche nach langen Verhandlungen endlich an den Moscheeverein verkauft hatte. Die schöne Markuskirche mit ihren farbigen Bleiglasfenstern war gerettet!

Immer wenn sie an der Moschee vorbeigeht, erinnert sie sich an die Zeit, als sie im Vorschulalter war und dort in den Kindergottesdienst ging.

Susi Lilienfeldt
Melli und das „Land der aufgehenden Sonne“

Prinz Shōtoku

An diesem 17. Februar regnete es sintflutartig. Melli hatte keinen Schirm dabei und floh vor dem strömenden Regen in einen Comicladen. Sie liebte Comics und freute sich über den ungeplanten Besuch. Es sah so aus, als würde es noch eine Weile dauern, bis sie sich wieder nach draußen wagen könnte.

Ihr Blick streifte über verschiedene Hefte, bis sie den Band 1 des japanischen Manga „Hi Izuru Tokoro no Tenshi" aus dem Regal zog. Er bestand aus elf Bänden, umfasste insgesamt 2000 Seiten und handelte vom Leben des japanischen Prinzen Shōtoku. In dem Comic war er bisexuell und besaß übernatürliche Fähigkeiten. Auf der Rückseite des Heftes las sie, dass der Prinz wirklich gelebt hatte und von ihm das erste staatliche Dokument Japans im Jahr 604 verfasst worden war. Die 17-Artikel-Verfassung war eine philosophische Anleitung für eine gerechte Herrschaft, die auf den Ideen von Buddha und Konfuzius beruhte. Melli war begeistert und wollte zu Hause mehr darüber recherchieren. Als der Regen etwas nachließ, machte sie sich mit allen elf Bänden unter dem Arm auf den Weg nach Hause.

Seit ein paar Monaten war sie Mitglied in der Gruppe „Tag des guten Lebens", die sich am Abend bei ihr treffen würde. Die Gruppe plante einen autofreien Tag im Dortmunder Kreuzviertel, an dem in einem abgesperrten Gebiet weder Autos fahren noch parken sollten. Vorbild für diese Aktion war der „Tag des guten Lebens", der in Köln schon seit einigen Jahren erfolgreich durchgeführt wurde. Sie wollten die Anwohner ermutigen, sich den öffentlichen Raum mit kreativen Ideen zurückzuerobern. Einige europäische Städte hatten ihre Innenstädte bereits verkehrsberuhigt, und sie wollten einen ersten kleinen Schritt in diese Richtung unternehmen.

Bei den Gruppentreffen ging es schon seit längerem um mehr. Sie wollten grundlegende politische Veränderungen im Ruhrgebiet vorantreiben. Sie waren der Meinung, dass die Menschen einen ganz neuen Verhaltenskodex bräuchten und lernen müssten, sich als Teil und nicht als Zentrum ihrer Mitwelt zu verstehen. Sie hatten Ideen für eine ganz neue Gesellschaftsform, wollten alles neu denken, befreit von schlechten Traditionen, Zwängen und Lobbyismus, wollten sich intensiv mit Philosophie, Literatur, Kunst und Religion beschäftigen. Überall auf der Welt schien das Böse dem Guten immer etwas überlegen zu sein, und das wollten sie schnell ändern, denn die Zeit wurde knapp.

Auf dem Weg zur U-Bahn wehte Melli ein Flyer vor die Füße; ohne draufzuschauen, steckte sie ihn in ihre Tasche und lief eilig weiter, um die Bahn nicht zu verpassen. Sie konnte es kaum abwarten, mehr über den Prinzen und seine 17-Artikel-Verfassung zu erfahren.

Zuhause angekommen, suchte sie im Internet nach weiteren Informationen. Es gab einen Wikipedia-Eintrag mit einem Link zu den 17 Artikeln und einige andere interessante Seiten. Dort las sie, dass der Prinz als übernatürliche Gestalt angebetet wurde und die Menschen ihn um Wohltaten und Schutz baten. Zu seinen Ehren wurden zahlreiche heilige Objekte und Statuen erschaffen, und er wurde als besonders mächtig angesehen. Noch heute wird er in Japan verehrt. Die Mönche des Horyu-ji, des „Tempels der Lehre Buddhas", gründeten ihm zu Ehren eine eigene Schule, die Shōtoku-shū. Die Macht lag zentriert in den Händen eines gerechten Kaisers, der sein Reich nach der Lehre des Konfuzius und den Ehrenvorschriften der Samurai regierte. Alle Ämter wurden nach einer besonderen Befähigung vergeben. Melli fragte sich, ob man die 17 Artikel in die heutige Zeit übertragen könnte.

Beim abendlichen Treffen erzählte sie den anderen Gruppenmitgliedern von dem Prinzen und seiner Verfassung. Vielleicht sei es Zeit für ein modernes Kaiserreich, eine „Minderheiten-Diktatur der politischen Korrektheit". Die meisten Menschen seien bequem und hätten Angst vor Veränderungen. Sie bräuchten Visionen, Motivation, klare Vorgaben, Verbote und eine Aufbruchstimmung mit Abenteuer und Entdeckergeist.

www.b-siebzehn.de

Als sie in ihrer Handtasche nach einer Lesebrille suchte, um aus der Verfassung vorzulesen, bekam sie den Flyer zu fassen, der ihr unterwegs vor die Füße geweht war, und las vor, was darauf stand:

„Machen Sie mit beim Wettbewerb des Bundes: ‚Visionen – das Ruhrgebiet als 17. Bundesland'. Wir gehen ganz neue Wege und wagen ein Experiment. Gesucht werden zivilgesellschaftliche Projekte mit innovativen Ideen. Wenn Sie denken, dass Sie es besser machen können als ‚die da oben', dann ist hier Ihre Chance, es zu beweisen. Kommunen, Vereine, Verbände und Organisationen können sich mit einem Regierungskonzept für das Ruhrgebiet als 17. Bundesland bewerben. Einsendeschluss ist der 31.12.2020. Die vier vielversprechendsten Projekte werden von einer Fachjury und dem Bundesverwaltungsamt ausgewählt und können sich im Jahr 2022 in NRW zur Wahl stellen. Der Wahlsieger stellt eine Regierung für das Ruhrgebiet als 17. Bundesland und kann über einen Zeitraum von acht Jahren eigene innovative Ideen umsetzen.

Weitere Informationen und die Ausschreibungsformulare finden sie unter www.b-siebzehn.de. Wir freuen uns über ihr Interesse und hoffen auf eine rege Teilnahme.

Ihre Bundesregierung."

Melli reichte den Flyer weiter. Das war die Chance, all ihre Ideen in die Tat umzusetzen. Nach langen Diskussionen, ob und wie solch ein Projekt anzugehen sei, waren sie sich einig, die Herausforderung annehmen zu wollen.

Sie trafen sich ab jetzt wöchentlich, sprachen mit Philosoph*innen, Klima-Expert*innen, Psycholog*innen, Zukunftsforscher*innen, Tierschützer*innen und NGOs. Sie wollten die besten innovativen Ideen und Problemlösungen von überall aus der Welt zusammentragen, von ihnen lernen und ein globales Netzwerk spannen. Jede politische Entscheidung müsste auf ihre Auswirkungen für das Klima und die Umwelt überprüft werden.

Außerdem wollte die Gruppe wirkungsvoll gegen den wachsenden Faschismus und Rassismus vorgehen, plante ein bedingungsloses Grundeinkommen und Wohnkonzepte für Obdachlose, die essbare Stadt, autofreie Innenstädte, kostenlosen Nahverkehr, ein verbindliches soziales Jahr für jeden, Grundrechte für Tiere, Abschaffung der Massentierhaltung und eine Schließung aller Schlachthöfe, Verbote für den Einsatz von Pestiziden in der Landwirtschaft sowie eine Revolutionierung des Schulsystems mit Schulen, die Schüler als gereifte, kreative, selbstständig denkende, emphatische Persönlichkeiten entlassen.

Die Gruppe sah in der Philosophie und Psychologie Wege für zukünftige Herausforderungen. Vom problemorientierten zum lösungsorientierten Denken.

Durch den Strukturwandel würden viele Arbeitsplätze wegfallen, aber gleichzeitig würden durch den Ausbau der erneuerbaren Energien und des Schienennetzes für einen flächendeckenden öffentlichen Nahverkehr neue Arbeitsplätze entstehen.

Zukunftsorientierte Stadtplanung müsste den Menschen, die Tiere und die Natur ins Zentrum rücken und nicht das

Auto. Politische Ämter sollten an Experten ihres Aufgabenbereichs vergeben werden. Die Verantwortung der Menschen war nie größer und lag gleichzeitig in den Händen von so wenigen.

Mit dem Fotografen Hans Blossey flogen sie über das Revier, um schon mal ein geeignetes Gelände für eine große Tempelanlage als Regierungssitz zu suchen. Im Kreis Wesel und Recklinghausen wurden sie fündig, dort gab es die niedrigste Bevölkerungsdichte und genug Platz.

Nach intensiver Arbeit reichte die Gruppe ihre eigene 17-Artikel-Verfassung für das 17. Bundesland schließlich fristgerecht zum Wettbewerb ein.

On Yedi

Als nach langer Zeit hoffnungsvollen Wartens der lang ersehnte Brief der Wettbewerbskommission endlich angekommen war, trafen sie sich zur Feier des Tages in ihrem türkischen Lieblingsrestaurant On Yedi. Mellis Hände zitterten vor Aufregung. Alle sahen sie erwartungsvoll an, als sie das Kuvert öffnete und das Schreiben langsam aus dem Umschlag zog.

Sie las vor: „Liebe Gruppe des Projektes ‚Land der aufgehenden Sonne‘, es freut uns außerordentlich, Ihnen mitteilen zu dürfen …“

Weiter kam Melli nicht und alle schrien vor Begeisterung und fielen sich der Reihe nach um den Hals. Sie hatten jetzt tatsächlich die Chance, sich als Regierung für das Ruhrgebiet als 17. Bundesland zur Wahl zu stellen. Würden sie die Wahl gewinnen, wäre der Weg frei für das „Land der aufgehenden Sonne“ im Ruhrgebiet, eine Ökodiktatur mit Melli als Kaiserin, dem Prinzen Shōtoku als Schutzheiligen und einem Tempel als Regierungssitz, von dem aus innovative Ideen in die ganze Welt getragen werden könnten.

Ulrich Straeter
Ruhrtopia

Denk ich ans Ruhrgebiet in der Nacht, bin ich um den Schlaf gebracht. Oder: Mit siebzig hat man noch Träume!

⏀ Also, da hat son'n bekloppter Kleinverleger aus dem Ruhrgebiet, genauer gesagt aus Bottrop (Komm'se nach Bottrop, krisse auf'n Kopp drop!), eine verrückte Idee: das Ruhrgebiet als siebzehntes (in Zahlen: 17.) Bundesland! Ha, ha …

⏃ Also, erst mal ist das kein Bekloppter, sondern der Literaturversorger für das Ruhrgebiet. Zweitens ist das vorerst ja nur eine Idee – und Ideen muss man haben, heißt es. Drittens gibt es angeblich hochrangige Leute in Wirtschaft, Politik und Verwaltung, die den Begriff Ruhrgebiet schon lange nicht mehr leiden können; der ist ihnen zu popelig; die faseln von Region oder Metropole oder so was. Sind wir zwar nicht, aber nehmen wir mal an. Es müsste demnach ein neuer Begriff her, ein Name, ein zündender. Den die ganze Welt versteht, versteht sich. Mantrapole oder so.

⏀ Na ja, Name ist gut, aber das wird wohl nicht reichen. Das ganze Gelände müsste sich begrifflich und inhaltlich ändern. Wenn ich daran denke, dass wir hier …

Also, das müssen wir erst mal klarstellen: Wir sind nicht eine Stadt, sondern dreiundfünfzig (in Zahlen: 53). 53 Oberbürgermeister, 53 Verwaltungen, 53 Meinungen, wenn die sich mal treffen. Die einzige Verbindung gibt es über den Regionalverband Ruhr, und der hat nix zu sagen, soll er nämlich auch nicht, da gäbe es 53 Einsprüche.

Und wenn du ein Literaturhaus vorschlägst, dann hast du gleich mindestens fünf (in Zahlen: 5) Meldungen, wohin das denn müsste, nämlich nach … Duisburg, Dortmund,

Essen, Bochum oder Oer-Erkenschwick. Und was passiert dann: Jetzt haben wir drei (in Zahlen: 3) Literaturhäuser. Je eines in Oberhausen, Herne und Dortmund.

Und regiert werden wir, das musst du dir mal reinziehen, von drei (in Zahlen: 3) Städten (Städtchen! Städtchen, sage ich!), die alle außerhalb liegen: Münster, Arnsberg und Düsseldorf. Drei Regierungsbezirke des Flächenstaates und Bundeslandes Nordrhein-Westfalen, man sagt manchmal auch Bindestrich-Land, regieren hier bei uns hinein.

Arnsberg! Ich krieg zu viel. „Ahnsberch“, wie der Jürgen Lodemann sein Theaterstück genannt hat. Wir müssten kulturell (und vielleicht nicht nur kulturell) jene Revier-Autonomie erreichen, die der da in seinem Stück fordert. Die Bürokratenstadt Ahnsberch, zu hochdeutsch Arnsberg, die Banken- und Boutiquenstadt Düsseldorf und das westfälisch-katholische Münster sind doch vom Leben im Kohlenpott alle drei weit entfernt.

„Ahnsberch“, erster Akt: *Am Tresen vom ‚Krausen Bäumchen‘ wird rumgelümmelt und rumgebrabbelt. Wer denn die ‚Kollenie‘ Ruhrgebiet aus ihrer Unmündigkeit erlösen könnte? Hötte: „Ja, wer wohl. Wer wohl! Die Kirche? Die Gewerkschaft? Dat Färnsehn? Die SPD? Landschaftsverbände? Regierungsbezirke? Siedlungsverband? Bürgermeister? Johann Wolfgang Brecht? Boss Baruffke? Irgendein Polittiker? Wo sind se denn, de Polittiker? Weit wech sind die! In Ahnsberch! Kapiert? Da, wo't keiner ahnt. Nä, da hilft uns keine Sau, Freunde. Helfen tut sich allein der Ruhrtyp selber!“*

So ist dat, mein Freund. Selber machen! Aber wie?

Ja, aber wie! Was soll das denn mit dem siebzehnten (in Zahlen: 17.) Bundesland? Was haben wir denn davon? Noch'n Land und noch mehr Polittiker und noch mehr Kosten und noch mehr divergierende Meinungen! Mensch, divergierend, das Wort habe ich noch nie benutzt, was heißt das eigentlich?

Φ Auseinandergehende Meinungen, entgegengesetzte Meinungen. Klasse, auf keinen Fall Einigkeit, wo kämen wir denn dahin. Die Herrschenden sagen: divide et impera! Teile und herrsche! Und die Marxisten sagen, das sei Dialektik, weißt du, These und Antithese ergäben die Synthese. Aber das lassen wir jetzt erst mal weg. Du warst dran.

⛵ Nee, also, noch'n Bundesland, das wär nix. Wenn schon, denn schon, dann schon was ganz Eigenes. Vielleicht doch so eine Art Freistaat. Gegen frei hat doch sicher niemand etwas, und mit Freiheit könnten wir vielleicht Staat machen. Wenn da jetzt doch diese Engländer oder Briten, von denen schon Asterix behauptete, die spinnen ja, per Brexit aus der EU rauswollen, dann könnten wir, könnten wir doch, Mensch, einfach raus aus der BRD und etwas Eigenes aufziehen. Fünf Millionen Menschen, da wäre Norwegen noch immer kleiner als wir.

Φ Aber nur zahlenmäßig.

⛵ Unterbrich mich nicht immer, wo ich jetzt gerade so schön im Fluss bin, ha, panta rhei, das wussten schon die alten Griechen, selbst als sie noch junge waren. Alles ist im Fluss, alles ist in Bewegung, nichts bleibt. Du steigst nicht zweimal in denselben Fluss.

Φ Doch! Ich war schon unzählige Male in der Ruhr …

⛵ Mensch, red nich so'n Stuss, das ist Philosophie. Und Fluss ist gut, wir leben ja am Fluss, anne Ruhr, genauer gesagt zwischen zwei Flüssen, zwischen renaturierter Köttelbecke Emscher und sauberstem Industriefluss Deutschlands, angeblich. Und nördlich davon die seitenkanalige Lippe, die sich von Lippspringe über Hamm und Datteln nach Wesel schlängelt. Die nehmen wir vielleicht noch dazu. Die würden uns ja beide, oder alle drei wenigstens stückweise, bleiben. Aber das macht nichts; der Altvater Rhein ist ja auch kein richtiger deutscher Fluss, entspringt in der Schweiz, wanzt sich an Frankreich ran und ergießt sich in Holland in die Nordsee. Das wäre wohl keine Hindernis.

Wirtschaft, Industrie, Verwaltung haben wir jede Menge, etliche große Firmen haben ihre Zentralen bei uns hingeklotzt, und viele Mittelstandsfirmen sind weltweit aktiv. Finanzämter haben wir auch genug, sogar Hochschulen, nachdem die Kaiserzeit, die Weimarer Republik und das Faschistenreich vorbei sind. Der Kaiser wollte ja im Ruhrgebiet weder Universitäten noch Kasernen.

Φ Wieso das denn?

⛵ Vor beiden hatte der Angst. Wenn die Kumpels zu schlau würden, wollten sie vielleicht nicht mehr so brav malochen. Und dann würden sie Revolte machen und die Kasernen angreifen und übernehmen. Oder sich Waffen bei Krupp holen. Nee, dann lieber Wissenswüste. Ist aber heutzutage ganz anders. Dortmund, Bochum, Duisburg und Essen haben Unis, und wenn wir großzügig sind wie bei der Arbeitslosenstatistik, zählen wir auch Wuppertal noch dazu.

Φ Wieso Arbeitslosenstatistik?

⛵ Ja, wenn die Prozentzahlen zu hoch sind, nehmen sie einfach einige Städte mit niedrigen Zahlen auf, die überhaupt nicht richtig zu uns gehören. Wie Wuppertal, Velbert oder Mönchengladbach. Hagen nicht zu vergessen, das Tor zum Sauerland. Dabei ist das ein Tor zum Ruhrgebiet, andersrum gesehen.

Φ Wir wollen hier aber nicht vom Sauerland reden, da können wir immer noch hinfahren zur Erholung, wir werden ja offene Grenzen haben.

△ Auf jeden Fall! – Apropos Grenze. Wo ziehen wir die denn?

Φ Vielleicht gar nicht so eng oder so konkret, vielleicht ist in der Beziehung die Trickserei des Arbeitsamtes nicht schlecht. Wir blähen uns auf oder ziehen uns wieder zusammen, je nachdem was nötig ist. Die Schotten wollen jetzt am liebsten aus dem Brexit, also aus Großbritannien, raus. Die träumen schon seit dem Drama mit Maria Stuart, Bonny Prinz Charly und Lisbeth der Ersten von der Selbstständigkeit. Und die Katalanen erst! Die kämpfen hart mit allen Mitteln; die können wir uns als Beispiel nehmen.

△ Da kommt aber gewaltig was auf uns zu. Mannomann, mir schwant Fürchterliches.

Φ Ach was. Wir müssen das nur ernsthaft angehen. Du hast mich auf eine wunderbare Idee gebracht.

△ Ich? Wieso?

Φ Ja, dieses Ausdehnen und Zusammenziehen, Mensch, das erinnert mich doch an selige Schulzeiten. Damals haben wir mal in einer Vertretungsstunde etwas über die ganz frühen Erdzeiten gehört. Über Pangaea, den Urkontinent. Der brach vor ungefähr dreihundert Millionen (in Zahlen: 300 000 000) Jahren auseinander, und es bildeten sich die heute bekannten fünf oder sechs (5 oder 6) Kontinente. Aber wir wissen ja, spätestens seit ein gewisser Herr Alfred Wegener über Plattentektonik und Kontinentaldrift geforscht hat, dass sich die Erdplatten, die sich unter der Erdkruste befinden, bewegen. Und die treiben wohl wieder aufeinander zu, so dass die Wissenschaftler beim nächsten Gesamtklumpatsch von Pangaea Ultima sprechen, obwohl es angeblich danach wieder ans Auseinanderdriften gehen soll. Und überhaupt: Wir müssen uns ja nicht unbedingt immer nur an die Geografie klammern und an die dreiundfünfzig (53) Städte. Das Wichtigste, das haben wir doch im Kopp – oder im Herzen, wenn du willst. Unsere neue Nation ist einfach ein Gebilde, das in unserer Einbildungskraft besteht (achte auf zwei [2] Mal ‚bild'), es steckt einfach in uns drin, das merkt man doch an unserer Sprache, an unseren Verhaltensweisen und Vorlieben.

⛵ Du kannst mir viel erzählen!

Φ Das kannst du selber auch in schlauen Büchern nachschauen, aber du interessierst dich ja lieber für Fußball.

⛵ Du leider nicht, oder?

Φ Denkste! Ich mag nur den Kommerzfußball nicht. Die Fifa ist einer der größten und reichsten Konzerne der Welt, mit Sport hat das nicht mehr viel zu tun. Und Skandale ham'se zuhauf am Hals. Aber ich wollte ganz was anderes sagen. Mir fällt da Großbritannien ein. Es geistert ja gerade der Brexit durch unser armes altes Europa, obwohl die

Europäische Union überhaupt nicht mit Europa gleichgesetzt werden kann, da gibt es noch zwanzig weitere Staaten, die nicht dazugehören, zur EU, meine ich.

Doch bleiben wir zunächst beim Fußball. Mich hat, verdammt noch mal, schon immer geärgert, dass diese angeblich großen Briten vor jeder Weltmeisterschaft mit vier (4) Mannschaften antreten! Mit England, Schottland, Wales und Nordirland. Nicht zu fassen! Ein Land! Das darf doch nicht wahr sein. Warum können wir denn nicht auch mit vier (4) Mannschaften antreten? Zum Beispiel mit Bayern, Nordrhein-Westfalen, Hamburg und Sachsen. Lokomotive Leipzig, Dynamo Dresden, ha! Dann wäre ganz schön etwas los. Aber is nich. Und alle lassen sich das gefallen, du auch. Weil es Fußball ist, lassen wir die vier (4) gerade sein.

⍋ Ist sie ja auch.

⏀ Quatsch nicht. Also weiter, wo war ich liegengeblieben? Vier (4) Mannschaften. Mensch, stell dir vor, wenn wir ein eigenes Bundesland hätten, mit einer eigenen Landesregierung und einem eigenen Sportminister, mit einem Staatssekretär nur für Fußball, dann könnten wir vielleicht auch mit vier (4) …

⍋ Vier (4)? Wo willst du die denn herholen?

⏀ Ja, Schalke natürlich, und Borussia, und …

⍋ Und?

⏀ Du hast recht, das wird eng. Bochum – die ewigen Verlierer mit ihrem letzten Fan Frank Goosen. Und RWE, ich meine Essen, nicht Oberhausen, mit ihrem letzten Fan, hm, bist du das nicht? Ich will's gar nicht wissen. Ich wäre auch zufrieden, wenn wir mit zwei (2) Mannschaften auftrumpfen täten. Zwei (2) Mannschaften aus Ruhrtopia, wir würden die alle doch restlos auseinandernehmen!

△ Ruhr…was?

Φ Wie?

△ Ich meine, was hast du da gerade für ein Wort gebraucht? Ruhrtop oder so? War das ein Name?

Φ Ach so. Ja, Ruhrtopia, ein Name; fiel mir gerade so ein. Klingt doch gar nicht schlecht, oder?

△ Ruhrmania ginge auch, bei den vielen Manien, die unsere Politiker hier immer entwickeln.

Φ Ja, oder Pangaea Ruhra, um bei dem Auseinanderdriften zu bleiben, das wir eben erwähnt haben. Das driftet vielleicht genauso auseinander wie die Briten. Die haben vier (4) Mannschaften. Und halten die jetzt zusammen? Man hört und sieht nix von denen. Mensch, das britische Beispiel. Dieser englische Adlatus vom Trump, dieser bornierte Johnson, der macht es vor!

Doch wir hier, im Ruhrgebiet, in Ruhrtopia, wir sind ja nicht blöd! Wir nehmen, was gut ist, und lassen bleiben, was schlecht ist. Das bedeutet, ein siebzehntes (17.) Bundesland müssen wir überhaupt nicht werden. Wir werden, das ist überhaupt der Top, die Spitze des Gipfels der Höhe, wir werden, halt dich fest, ein richtiges eigenes Land! Mit einer von allen gewählten Sprechergruppe, die uns gegenüber den anderen Staaten der Welt vertritt. Und die dürfen nur das machen, was wir vorher gemeinsam besprechen, diskutieren und beschließen. Wie die das in Kuba mit ihrer neuen Verfassung geschafft haben. Über achtzig (80) Prozent der Kubaner und Kubanerinnen stehen dahinter. Weshalb es auch diesen Menschenfeinden in Washington nicht gelingt, das Volk zu spalten. Wir haben fünf (5) Millionen Einwohner; das müssten wir doch hinkriegen. Ruhrtopia! Pangaea Ultima Utopia! Das wär's! Was sagst du jetzt?

⚠ Gib mir noch'n Bier!

⏀ Gern. Stauder oder was?

⚠ Dumme Frage! Mach schon!

(Sie schlürfen genussvoll den ersten, langen Schluck.)

⏀ Und weißt du, was der Knaller wäre?

⚠ Nee, aber du sicher.

⏀ Richtig. Wenn uns das alles zu bunt wird, treten wir aus.

⚠ Wo, wie, was? Woraus denn noch?

⏀ Ja, dann treten wir aus der Europäischen Union aus.

⚠ Dann gibt es den Rexit!

⏀ Au Backe!

⚠ Prost!

Peter Bothe
Bremen-Hamburg-Berlin-Ruhrstadt

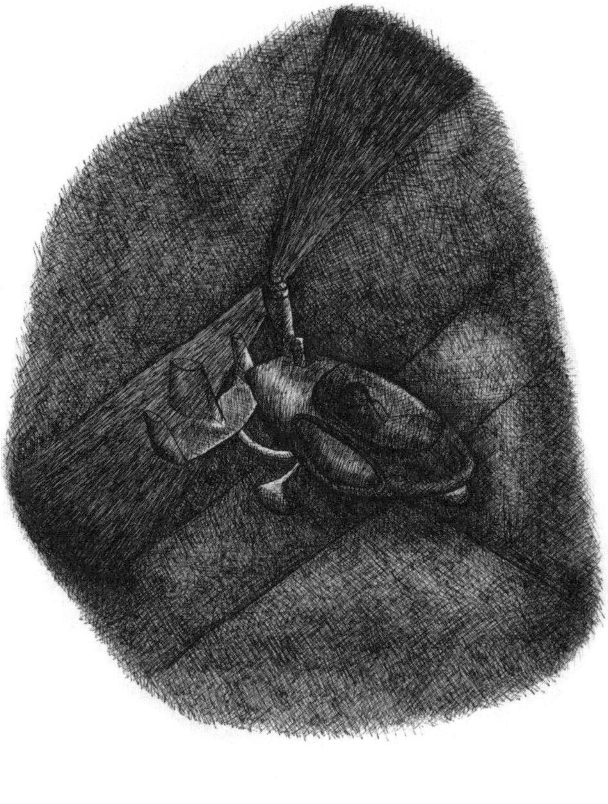

Es war wie ein Paukenschlag …

… der die gesamte Republik erschütterte! In der letzten Sitzung des nordrhein-westfälischen Landtags wurde unter Punkt sieben der Tagesordnung eine Resolution verlesen, in der die elf kreisfreien Großstädte und vier Landkreise des Regionalverbandes Ruhr ihren Austritt aus der parlamentarischen Republik des Landes Nordrhein-Westfalen erklären. Der Landtagspräsident musste die hitzige Debatte unterbrechen und bat alle Fraktionsvorsitzenden zu einer Dringlichkeitssitzung. Unter tumultartigen Szenen verließen die Abgeordneten aus dem RVR den Plenarsaal und trafen sich in der Kantine des Landeshauses; man sah in aufgeregte, aber auch selbstbewusste Gesichter. Sekt machte die Runde.

Abgesehen von der friedlichen Revolution im Jahre 1989 hat es ein solches politisches Erdbeben in Deutschland nicht gegeben. Was war passiert?

Der Vortrag …

Anfang Februar 2020 hatte der Vorsitzende des SPD-Ortsverbandes Oer-Erkenschwick, Ernst Holtkämper, zu einer Veranstaltung in das Ausflugslokal „Mutter Wehner“ eingeladen. Die Gäste strömten in hellen Scharen; wohl auch, weil gerade in Erkenschwick nichts los war und es bis zum Karneval noch einige Wochen dauern würde.

Holtkämper hatte einen jungen und smarten Österreicher nach Erkenschwick gebeten, der über das Prinzip der „Gemeinwohl-Ökonomie“ vortragen sollte. Die gestandenen Ortspolitiker trafen sich vor dem Referat in kleinen Gruppen und diskutierten heftig.

„Wat will dat Jüngsken uns wohl erzähln? Gemeinwohl? Wat glaubt der denn, wat wia hia de ganze Zeit wohl machn!?“

Nun trat der rotblonde junge Mann mit dem spärlichen Bart an das Rednerpult. Er stellte sich als ehemaliges Mitglied der Organisation „Attac“, Ökonom und Tänzer vor.

„Wen hatter Ernst denn da eingeladn? Is der bekloppt gewordn? Attac, dat sindoch die Radaubrüder, oda?“ – „Nee! Lass ma, der Heiner Geißler war auma bei den Laden!“

Nachdem das erste Grummeln im Saal verstummt war, begann der Vortrag mit der Eingangsfrage „Wir oder Gier?“. Da wurde ein ethisches Wirtschaftsmodell vorgestellt, das den Menschen und dessen Lebensgrundlagen in den Mittelpunkt stellt. Diese Vision zielt darauf ab, Ungleichheiten bei Einkommen, Vermögen und Macht maßvoll zu begrenzen, den Umweltverbrauch innerhalb der Regenerationsfähigkeit natürlicher Ökosysteme und der planetaren Grenzen zu halten und zukünftigen Generationen gleiche Lebenschancen wie den gegenwärtigen zu gewähren. Gewinnmaximierung gehöre abgeschafft, das Bruttosozialprodukt als Maßeinheit tauge nicht für das Wohlbefinden der Menschen. Da war die Rede von Besteuerung des Umweltverbrauchs, Abkehr von der Finanzrendite, von Beiräten – sogenannten Konventen –, welche die Anliegen von Bürgerinnen und Bürgern in die Entscheidungsfindung bei öffentlichen Belangen einbringen, und vom Zeitwohlstand.

„Wat meint der Bengel denn gezz eigentlich?“

So manchem Stadtvertreter ging es durch den Kopf, wie er in Kneipenhinterzimmern mit Versicherungsmenschen, Bauunternehmen und Bankdirektoren Baupläne maßgerecht und profitabel frisiert und in die Stadtvertretung gebracht hatte. Das sollte es alles nicht mehr geben? Dass jetzt diese Konvente ihre Arbeit übernehmen sollten, erinnerte doch fatal an die Arbeiter- und Soldatenräte der Novemberrevolution von 1918?!

Hat doch auch nicht funktioniert!

Es wurde still im Saal. Manche schüttelten den Kopf, wieder andere tuschelten zustimmend mit den Nachbarn. Man hörte förmlich das Gehirnschmalz brutzeln. Doch in manchen Gesichtern erkannte man ein allmähliches Verstehen und Erkennen der Bedeutung des Referats. Und man dachte an die missliche Situation im Revier!

Als der Referent seine Formulierung „das Wirtschaftssystem muss vom Kopf auf die Beine gestellt werden" mit einem veritablen Kopfstand unterstrich, tippten sich etliche an die Stirn; doch nach und nach wurde der erst zögerlich einsetzende Applaus zu einem wahren Beifallssturm. Man war begeistert, und der Redner verabschiedete sich mit einem braven Diener. Bei „Mutter Wehner" brannte bis spät in der Nacht das Licht.

Der Antrag …

In der nächsten Stadtvertretersitzung gab es den fraktions- und parteiübergreifenden Antrag „Wir wollen die Gemeinwohl-Bilanzierung". Er wurde mit überwältigender Mehrheit angenommen. Als den Verantwortlichen die Matrix vorgelegt wurde, um den Gemeinwohlstatus von Oer-Erkenschwick zu messen, gab es manches Stirnrunzeln. Da war vom Erfolg des Verwaltungshandelns die Rede, der sich nicht primär an finanziellen, sondern ebenso an sozialen und ökologischen Kennziffern messe. „Tja, Heinz, da musse gezz durch!", wurde der Kämmerer aufgefordert.

Als der Bürgermeister schließlich feststellte, dass sich im Regierungsbezirk Detmold die Gemeinwohlregion Kreis Höxter mit Hilfe einer EU-Anschubfinanzierung gebildet hatte, war das Projekt gelaufen. Man war dabei!

Und nicht nur in Erkenschwick! Wie die Schirmchensamen des Löwenzahns wurde die Idee in die umliegende Region getragen. Wohl auch durch den unerwarteten

Geldsegen aus Brüssel schlossen sich alle Städte des Kreises Recklinghausen dem Gemeinwohlprojekt an.

Jemand aus der Verwaltung wusste, dass der Europäische Wirtschafts- und Sozialausschuss, der die EU-Organe berät, im September 2015 in einer Stellungnahme empfohlen hatte, das Modell der Gemeinwohl-Ökonomie sowohl in den europäischen als auch in die einzelstaatlichen Rechtsrahmen zu integrieren. Unternehmen wurde empfohlen, eine Gemeinwohlbilanz zu erstellen und Investitionspläne auf ihre Wirkung auf das Gemeinwohl hin zu untersuchen. Also war man wohl auf dem richtigen Weg!

Klar, es lief nicht alles rund! Arbeitgeber und Gewerkschaften meldeten Bedenken an, die Sesselpuper, die sich über Jahrzehnte ihre gut dotierten Posten erkungelt hatten, bangten um ihre Pfründen. Doch bei Frau und Mann auf der Straße kam dieses Modell an; obwohl man sich seit den 1960er Jahren in einer wenig erfolgreichen Transformation befand, sollte der jetzt anstehende Systemwechsel vollzogen werden. Es konnte ja eigentlich nur besser werden! Man wollte die Ruhrparlamentswahlen abwarten; sie sollten als Startschuss für den geplanten großen Wurf dienen!

Die Wahlen …

Zum ersten Mal wurde das Parlament direkt gewählt. Am Abend des 13. September 2020 meldeten die Medien aus NRW um 18.00 Uhr die ersten Zahlen zu den Wahlen; die Prognose war mit den üblichen kleinen Unterschieden der jeweiligen Sender keine Überraschung. Der eigentliche Hammer kam aber, als die erste Hochrechnung über die Bildschirme flimmerte. Nicht die Prozentpunkte der Parteien standen im Mittelpunkt, sondern die Wahlbeteiligung: Im Ruhrpott waren gerade mal lächerliche 14 Prozent der Berechtigten zur Wahl gegangen!

Das Wetter kann es nicht gewesen sein, der Wahlkampf lief wie immer. – Wie konnte es dazu kommen? Meinungsforscher, Politiker und auch die Journalisten waren ratlos.

Es war ganz einfach: Die Leute hatten von dem ewigen Gezerre um die Zukunft des Ruhrgebiets die Schnauze gestrichen voll und trauten der etablierten Politik nicht mehr über den Weg.

Jetzt kam die große Stunde von Ernst Holtkämper aus Oer-Erkenschwick, der die ganze Sache ins Rollen gebracht hatte, der allen den Floh des Gemeinwohls ins Ohr gesetzt hatte:

Da es kein Quorum für eine Wahlbeteiligung gab, war diese Wahl gültig. Doch Holtkämper wäre nicht Holtkämper gewesen, wenn er nicht noch einige Asse im Ärmel gehabt hätte. Er tourte mit seinen Kolleginnen und Kollegen aus dem Gemeinwohl-Kreis durch das Revier; sie führten Gespräche mit den maßgeblichen Leuten, um sie von der Bedeutungslosigkeit dieser Wahl zu überzeugen. Die Alternative wäre ein Plebiszit; als Beispiel führten sie den erfolgreichen Volksentscheid zur Auflösung des Parlaments am 19. September 1971 in Baden-Württemberg an. Allmählich, mit großem Einsatz und nach vielen „Wenn“ und „Aber“ hatten sie die Oberbürgermeister, Bürgermeister und Direktoren für diese Idee gewinnen können. Die erforderlichen Stimmen für ein Volksbegehren und den sich anschließenden Volksentscheid waren schnell beisammen.

Der Volksentscheid …

Mit der sensationellen Mehrheit von fast siebzig Prozent der Stimmen votierten die Menschen im Pott für die Annullierung der Wahlen und die Auflösung des Ruhrparlaments. Man wollte nun richtig selbst bestimmen, man wollte die Gemeinwohl-Region Ruhr!

In den folgenden Debatten über den weiteren Weg merkte jemand an, dass im alten RVR-Gesetz im Abschnitt I, § 2,1 „der Gemeindeverband dem Gemeinwohl der Metropole Ruhr“ zu dienen habe. Man kannte das „Eigenwohl“ der Politiker und Funktionäre zur Genüge! Vom Gemeinwohl hatten die Menschen im Revier wenig gespürt. Wahrscheinlich wurde es in einem der noch freien Zechenschächte geflissentlich versenkt.

Erfolge und Rückschläge …

Die Aufmüpfigkeit der Ruhris wurde belohnt; trotz erheblicher Bedenken seitens der Landesregierung sowie des Landesverfassungsgerichts und nach zähen Verhandlungen mit der Bundesregierung kam man überein, die Regierungsbezirke Düsseldorf, Münster und Arnsberg aufzulösen. Stattdessen etablierte sich ein Regionalrat im Sitz des ehemaligen RVR in Essen; die kommunalen Konvente entsandten ihre gewählten Vertretungen nach Essen. Man bediente sich des Bottom-up-Prinzips, um Widerstände im Laufe eines Willensbildungsprozesses aufzuzeigen, zu diskutieren und aufzulösen. Zugleich beschloss man eine Abkehr von der repräsentativen Demokratie und vertraute auf den Weg der direkten Volksherrschaft. Kosten für Präsidentenposten, Fraktionsvorsitzende und ähnliche unverhältnismäßig hoch dotierte Jobs wurden damit eingespart.

Das 2000 Kilometer lange Rohrnetz der Fernwärme wurde zunächst schrittweise, dann gänzlich mit Geothermie – über Grubenwassernutzung und sonstige Aquiferspeicher – versorgt, der Stromrestbedarf wurde durch einen Mix aus erneuerbaren Energien gedeckt, die unterschiedlichen Verkehrsbetriebe zu einer Genossenschaft zusammengelegt, der ÖPNV in Übereinstimmung gebracht und ein sozialverträglicher Tarif bestimmt.

Die Ansiedlung von Startups in den noch vorhandenen Kohle- und Stahlkomplexen, wie auf Zeche Ewald in Herten, ermöglichte die weitere Erforschung und schließlich den industriellen Einsatz von grünem Wasserstoff im Zug- und Schwerlastverkehr. Zur Serienreife gelangte in Bottrop die Organ-Chip-Technologie, die Tierversuche entbehrlich machte. Rund um die Mengeder Heide begannen mittelständische Firmen unter Mitarbeit des Fraunhofer-Instituts Perowskit-Solarzellen der neusten Generation zu produzieren. Dort befanden sich auch die europaweit führenden Produktionsstätten für die Fertigung von Nanosensoren, die in der Medizin zur Früherkennung von Krebs- und Herz-Kreislauf-Erkrankungen genutzt wurden. In deren Folge ließen sich Reallabore für Bioinformatik und Neurorobotik nieder. Die Charité-Universitätsmedizin-Berlin verlegte die Arbeitsgruppe Robotik und Navigation ins Revier. Betriebe für die KI-gestützte Fertigung von Drohnen, 3-D-Druckern sowie ähnlicher Produkte siedelten sich mit Hilfe kleiner Gemeinwohl-Unternehmensberatungen an.

All diese neuen Vorhaben konnten die hohe Jugend- und Frauenarbeitslosigkeit senken, da gänzlich neue Berufsbilder entstanden. Konzepte von jungen Städtebau- und Landschaftsplanern sorgten dafür, dass durch den 1989 gestarteten Emscherumbau, die Inwertsetzung der Emscherinsel und schließlich auch die endgültige Realisierung des Emscher-Landschaftsparks unter dem Motto „Wohnen wie auf dem Dorf. Leben wie in einer Großstadt“ 2025 abgeschlossen werden konnten.

Natürlich gab es auch Rückschläge; die Transformation bedeutete eben auch Verzicht auf liebgewonnene Gewohnheiten: Da war vor allem das – nicht nur von den Ruhris – so geliebte Auto! Doch durch die neue Taktung des ÖPNV, die Umstellung auf umweltfreundliche Triebwagen, nicht nur in Ost-West-Richtung, sondern auch in die Randgebiete, entstand eine neue Qualität der Mobilität. Durch den Einsatz eines elektrisch- und wasserstoffbetriebenen, bedarfsgerechten Shuttle-Dienstes, Ride-Pooling und der Umwidmung eines Teils des 600 Kilometer umfassenden Autobahnnetzes zu Multifunktionsräumen mit Schwebebahnen, Gyrokoptertaxis, Radschnellspuren, aber auch mit grünen Ruhe-Inseln sowie optimierten Rastplätzen entspannte sich der Frust vieler Autofahrer. Zudem entfielen die enormen Kosten für die Instandhaltung der größtenteils maroden Verkehrsinfrastruktur, was wiederum den Haushalten der Region zugutekam. Es gab keinen Staustress mehr, man wurde gelassener, ließ immer öfter das Auto stehen und hatte Zeit gewonnen.

Auch die traditionellen Unternehmen mussten sich den Gemeinwohl-Kriterien anpassen; diejenigen, die ressourcenschonend und mit sozial fairen Arbeitsbedingungen ihr Geschäft betrieben, wurden mit Steuerersparnissen, Vorteilen bei öffentlichen Ausschreibungen und günstigeren Krediten belohnt. Hier kam es zu Brüchen im Unternehmensbereich. Doch da der Gewinn nur noch Mittel, aber kein Ziel mehr war, konnten Unternehmen die aus ihrer Sicht optimale Größe anstreben. Der Break-even-Point wurde – je nach Unternehmen – auf eine bestimmte Größe fixiert, und so verschwand der Druck, immer größer, stärker und profitabler zu werden.

Die Gegenleistung dieses sozial und ökologisch ausgerichteten Wirtschaftens war der Zeitwohlstand, der die Lebensqualität erhöhte. Die Menschen konnten sich aufgrund verringerter Erwerbsarbeitszeit der Familie, den Kindern, Freunden und ehrenamtlichen Tätigkeiten widmen. Unter diesem Aspekt bekam der Begriff der Daseinsvorsorge eine ganz andere Qualität.

Das Emschertal entwickelte sich vom sozialen „Meide-Raum“, einer „No-go-Area“, zu einem Hotspot gesellschaftlichen Lebens für Alt und Jung, für Singles und Familien, Zugewanderte und Einheimische. Was dann niemanden mehr überraschte, war die Tatsache, dass im Ranking des „Glücksatlas“ Nordrhein-Düsseldorf – dazu gehörte das Revier – mit Schleswig-Holstein gleichgezogen hat. Ausschlaggebend für die gute Platzierung waren die hervorragenden Werte des Ruhrgebiets in puncto Lebensqualität, Freizeitangebote und Arbeitssituation.

Es sollte noch bis 2035 dauern, dann war es so weit: Der „Ruhrpott“ war mit jetzt 5,5 Millionen Menschen die erste treibhausgasfreie und gemeinwohlorientierte Region der Bundesrepublik Deutschland. Man wollte Vorreiter für eine andere Politik, beispielgebend für die Republik werden und wagte jetzt den entscheidenden Schritt!

Das Ergebnis …

Ernst Holtkämper – mittlerweile mit schlohweißem Haar und einer künstlichen Hüfte – sitzt in seinem Ohrensessel und verfolgt eine TV-Liveübertragung aus Karlsruhe; das Bundesverfassungsgericht will heute seinen Beschluss verkünden, ob dem Antrag der Region „Ruhrstadt“ auf Anerkennung als Bundesland stattgegeben werden soll.

Als der amtierende Präsident und Vorsitzende des Zweiten Senats schließlich vor die Mikrofone und Kameras tritt und mitteilt, dass der Antrag die Zustimmung des Gerichts gefunden hat, klopft sich Ernst Holtkämper mit einem kräftigen „Jawolll!“ auf die Schenkel und muss sich verschämt ein paar Tränen aus den Augenwinkeln wischen.

„Mannomann, dattich dat allet nochma erlebn darf!“

Jost Krüger
Der Butzemann-Eklat

Vorhang auf.
(Toneinspielung: Glück auf, Glück auf)

Im Takt der Glück-auf-Musik marschiert die Abgeordnete mit ihrer REWE-Tüte zum Rednerpult. Der Präsident hinter ihr klingelt und klingelt. Gegen den nicht enden wollenden Applaus und das Gelächter der Gegenfraktionen kommt das Glöckchen lange nicht an. Endlich Stille.

Sehr geehrter Herr Landschaftspräsident, meine Damen und Herren. Sie kennen mich noch nicht – es macht ja nix. Gerti Zuber-Wambel. Da letzte Reihe sonst, da sitz ich sonst. Noch über Quotenliste reingerutscht. *(sucht für ihre drei Spickzettel eine Reihenfolge aus)* Zu den Ausschweifungen des Vorredners, wenn Sie gestatten … Sein Beitrag war –

Sie müssen nicht sofort mit Ihren Wunderkerzen wedeln und dazwischenbuhen. Wir alle kennen die Wahrheit. Erst im Herzen von Westfalen unsere Kokereien killen und dann selbst am Backen … Den Koks! Bei Duisburg. Nur noch am Rhein!

Moment, das steht in keinem Lesebuch. Weil Ihre Hütchenspieler aus dem Ministerium genau das verhindern. Damit die Wahrheit über uns seit je, das Krasse aus dem ganzen Arbeitshausen gar nicht vorkommt in der Schule. Entsprechend Ihrem Credo: Gott sieht alles, aber er vergisst auch alles.

Wie – was? Ja, für zum Beispiel, wo der Raffer und Finanzgestalter seine Bernsteinzimmer her hat und die alliierten Frauen ihre Klunkern. Dass Reichtum auf Armut beruht. Steht das in Ihrem Heimatbuch?

Moment – nein, nein. Ich streite gar nichts ab. Es gibt sie auch bei uns, die Rücksichtslosigkeit. Ja, sicher doch, aus Not. Wie ein Zweifinger-Fritz am Schrottplatz zu uns Kindern sagte, nimm mit, wasse kannz, der Mensch ist ein Rauschtier und anschließend tot.

Bei erst – bei meiner zweiten Scheidung neulich hab ich es verstanden. Das hasse programmatisch noch viel mehr beim Lustmolch und extrem im neoliberalen Lager.

Nix da. *(klingelt mit ihrer eigenen Klingel)* Sie wissen genau, was ich meine. Vor allem der Kollege Bayer-Düsseldorf. Da können Sie scharren wie ein Büffel – passt zu Ihnen. Einer passt noch rein! Und freut sich die Wahlkreiscamorra.

Genau – das ist Ihr Klüngelfilz im Lotterbett. Und müssen gezz nicht hier. – Man wird ja ganz wuschi im Kopf von Ihrem Dazwischengejohle.

Herr Präsident, meine Damen und Herren. Weil es der Wahrheitsfindung dient, wenn Sie gestatten *(sucht was aus der REWE-Tüte)* – setz ich mal hier das Lügen-Mützchen auf und mach den Bayer-Düsseldorf. *(setzt die Zipfelkappe auf und hält ein Buch hoch)* Aus sei'm Kampagnen-Buch. Es wurde mir jüngst zugespielt.

Zitiere hier: „Verehrte Jecken und rheinische Freunde, machen wir uns nichts vor. Westfälisch – schon immer, war unten, in trüber Beleuchtung gelegen, ein Saustall und Gomorrha. Das Traurigste seit anno Schnee. Indes das Schöne oben ist, die goldene Nase und vernünftig, ist die verzweigte Unterwelt ein Graus."

Herr Präsident, ich bitte, das Dazwischenbellen in das Protokoll zu nehmen. Danke.

Und zitiere weiter. Hier: „Im Innersten, von unserm Rheinland aus gesehen, ist das Westfalenland ein Schwarzes Loch. Bereits erwähnt bei Tacitus: Vestfalia, die schaurigen Wälder und Tümpel, die furchterregenden Nebel."

Moo-ment, Kollege Bayer-Düsseldorf, das haben Sie selbst …

Moment, Moment, wir wissen sehr genau, worum es geht. Besonders Sie. *(mit Marlon Brandos heiserer Paten-Stimme)* Allora, si – um tapezier mit ohne Steuerkarte, Laminati legen – und will ich an die Stelle deine Mamma so nicht fragen, wer sie renovierte, so die Eigenheime deiner Kinder. *(Normalstimme)* Ich sage nur, salem aleikum und polski koslowski. Beschäftigung – sag ich hier nur – von Mindestlöhnern nennt man das. –

Ich bin ja gleich so weit.

Was also, liebe Freunde, war unser Westfalen im Auge des Gegners? *(klingelt mit der eigenen Klingel)* Nach Ansicht vom Club Düsseldorf ein einziges Gejaule, Hängen und Würgen. Moment, die Stelle hab ich auch noch hier: „Bald acht Millionen Schnäppchenjäger, Habenwills und lauter Kinder der Raffgier-Cherusker! Und wovon träumen sie? Von unserem Koks!"

Also sprach Etepetete. Es herrsche so am Emscherstrand, so hören wir, das wüste Babylon. Das müssen Kölner und Neandertaler gerade sagen! Welche aus dem Pool der großen Hütchenspieler mit Segen der Kanzel, aber hallo – und darunter bodenlose Ganztags-Schlucker. In der Kantine haben wir eben doch gesehen, wer wirklich am Tropf hängt. Und voll egal, ob dieser Doppelkorn aus Ochtrup kommt! Nicht wahr, die Kollegin aus Bonn? *(legt die Zipfelkappe ab)* Dass es einem bis zum Reihern schlecht geht, kenn ich … Da gehste, wenn es nicht aufhört, am besten zum Arzt.

Herr Präsident, meine Damen und Herren! Jaja, ist gut, Herr Bayer – Herr Bayer, ich bin ja nicht taub! Natürlich stammt der Raffgier-Cherusker von Ihnen. Das haben Sie ja erzählt in Ihrer Wahlkampfbütt. Und unten dieselbe Mischpoke wie immer. Schwarze Kutten und Charaktermasken. Alles Kabunken.

Wieso? Von einer Opernsängerin bei uns im Nebenhaus hab ich gelernt, warum denn sachlich, wenn es auch persönlich geht. –

Ja, danke schön. Propheten haben wir selbst. Wie unsre Ilse Krukemeier an der Bude sagt: Am einen schönen Tag kommt alles raus. –

Genau, der westfälische Dativ. Oder fast vor vierzig Jahren wie im Kino. Sie erinnern sich an „Jede Menge Kohle". Wo der junge Bergmann, der Katlewski mit der Kettensäge, sagt: Es kommt der Tag, da will die Säge sägen. Und wo man später sieht, wie er die alte Beziehung, wie er den Zimmerschrank zerlegt in zwei Teile. –

Nein, nein – spricht Ihnen keiner ab, dass Sie gebildet sind. Hier auffem Extraspick, da hab ich es. „Etymologisch geklärte Beziehungen bestehen seit anno Schnee zwischen Pott und Pöter, lateinisch puteus/die Grube – Pütt, Pfütze, Votze, Wutz und Butzemann." So weit, Herr Bayer-Düsseldorf – ich hab die Mail an Sie von Ihrem Doktor Schilling – hab ich hier kopiert, von meiner Enkelin Louise selbst gehackt.

Wenn Sie noch Wunderkerzen hätten, wäre jetzt genau der Augenblick. Ja, danke schön. Es reicht. Hiermit beantrage ich im Namen meiner Fraktion die Spaltung NRWs, die Trennung vom nördlichen Rheinland und die Ausrufung des Freistaats Westfalen als 17. Bundesland mit Dortmund als Hauptstadt. Ich danke für Ihre Geduld. *(geht ab)*

(Toneinspielung – Karnevalstusch in as-Moll)
Vorhang zu.

Lothar Lange
Das Kind braucht einen Namen

Gisela und Wolfgang warten auf ihren Besuch …

Die Eheleute Gisela und Wolfgang Karbowski sitzen im Garten ihres Hauses in Ruhrstadt-Vonderort und genießen den Schatten ihres Sonnenschirms. Es ist Samstagmittag, der 29. September 2035, der Himmel ist blau, das Thermometer steht trotz der fortgeschrittenen Jahreszeit auf 28 Grad Celsius.

„Meine Güte, Gilla, jetzt haben wir schon fast Oktober, und es ist immer noch richtig heiß! Das hat es doch früher nicht gegeben, oder?"

„Nee, Wolfgang, hat es nicht – aber früher hast du auch nicht so oft von früher geredet, ich glaube, du wirst alt. Du weißt ja: Jedes Mal, wenn man das Wort ‚früher' ausspricht, bekommt man ein graues Haar mehr!"

„Na prima, dann hätt' ich ja bald mal wieder was zum Kämmen! Du, sag mal, kommen heute nicht die Kinder? Bin gespannt, ob die schon wählen waren; die mit ihrem ‚Emscherland'!"

Wolfgang verdreht die Augen und nimmt einen Schluck aus dem Wasserglas.

Alle Ruhrstadtbürger sind zur Namensgebung ihres neu zu gründenden Bundeslandes aufgerufen, und morgen ist der letzte Wahltag dazu. Aus mehreren Tausend Bürgervorschlägen haben sich am Ende „Ruhrland" und „Emscherland" als Favoriten hervorgetan.

„Ich glaub es immer noch nicht, dass unser Ruhrgebiet jetzt ein richtiges Bundesland wird. Weißt du noch, wie wir aus Jux immer sagten, dass Mallorca das 17. Bundesland wäre? Auch schon lange her. Jetzt ist es nicht Mallorca, sondern ‚Ruhrland', zumindest ist das meine erste Wahl und nicht ‚Emscherland', wie die jungen Leute das gerne hätten. Die haben doch überhaupt keine Vorstellung davon, dass die Emscher mal eine schwarze, stinkende Kloake war. Emscher: Die kennen die heute nur als schönes Gewässer im Grünen. Verdelli, die sah vor 2021 noch ganz anders aus."

„Mach dich mal fertig, du Ruhrländer. Das kannst du alles gern mit den Kindern diskutieren. Die kommen nämlich gleich mit den Rädern."

Gisela deckt den Kaffeetisch …

… auf der kleinen Terrasse und schaut ihrem Wolfgang nach, wie er ins Haus verschwindet. Ins Kühle.

Gut, dass sie sich damals für das Wohnen hier in der neuen Passivhaus-Siedlung entschieden haben. Durch diese besondere Bauweise ist es auch jetzt drinnen angenehmer als draußen.

Die Sommer der letzten Jahre wurden immer tropischer, und sie dauern nun oft bis in den späten Herbst. Klimawandel. Die jungen Leute hatten schon recht, als sie damals auf die Barrikaden gingen, um „das Klima zu retten", wie sie es nannten. Hatte es nicht vor den 2020er Jahren mit einem kleinen Mädchen – wie hieß es noch? – aus Schweden angefangen? Gott, was ist das lange her. Wo die Zeit bloß bleibt!

Als Wolfgang frisch gemacht und „für Besuch" umgezogen in den Garten zurückkommt, schaut Gisela auf ihre Uhr. „Na, die beiden dürften wohl gleich mit ihren Rädern um die Ecke kommen."

Was Gisela alles so durch den Kopf geht …

Durch dieses tolle neue Radwegenetz im gesamten Ruhrgebiet haben Wolfgang und ich richtig Heimatkunde betreiben können und immer wieder aufs Neue gestaunt, wie rasch man doch mit den Rädern von Vonderort aus sogar bis nach Gelsenkirchen oder an den Rhein oder bis zum

Baldeneysee an die Ruhr kommt. Dabei entdeckten wir auch, wie schön doch die Landschaft längs der Emscher geworden ist! Unser Auto haben wir vor längerer Zeit schon abgegeben, und es fiel uns überhaupt nicht schwer.

Auch die jungen Leute verzichten im Gegensatz zu früher immer mehr auf die Anschaffung eines eigenen Autos. Enkel Max und seine Frau Sophia besitzen ebenfalls keines und vermissen es auch nicht. Bei Bedarf greifen sie einfach auf das dichte Netz von Carsharing-Stationen der Ruhrstadt zu und leihen es sich stundenweise. Das rechnet sich.

E-Autos haben sich Anfang der 2020er Jahre nur sehr langsam durchsetzen können, sind aber seit der Einführung des Tempolimits von 120 km/h auf deutschen Autobahnen 2025 dabei, mehr und mehr zum Standard zu werden.

Wolfgang ärgert sich über diese „Stromschleicher", wie er sie immer nennt. Sie sind ihm zu leise, und es hat ja auch schon reichlich schlimme Unfälle gegeben, weil Fußgänger sie einfach nicht gehört haben. Als Wolfgang erfuhr, dass man E-Autos ab Werk mit Extra-Motorgeräuschen ausstattet, die sie in Wahrheit gar nicht selbst erzeugen, konnte er nur mit dem Kopf schütteln und hat gesagt: „So'n Quatsch, denen zusätzlich künstlichen Krach einzubauen, damit man sie hören kann!"

Es hat auch ziemlich lange gedauert, bis sich die Ruhrgebietsstädte endlich dazu bewegt haben, sich zu einer – zur „Ruhrstadt"– zusammenzuschließen. Der erste Schritt war gemacht, viele der notwendigen Umsetzungen hängen aber immer noch deutlich dem Zeitplan hinterher, hier und da knirscht es gewaltig. Aber dieser wichtige erste Schritt führte zumindest dazu, dass 2028 dieser chaotische Bahnsalat, der aus dreizehn eigenständigen Verkehrsbetrieben mit ebenso vielen gut bezahlten Vorständen und zwei verschiedenen Gleisbreiten bestand, durch die Gründung der

„RuhrBahn“ endlich sein Ende fand. Wie oft hat Wolfgang früher über dieses Bahn-und-Bus-Durcheinander gewettert: „Ist doch Kokolores! Da war man ja vor 300 Jahren schon fortschrittlicher. Da hat man an jeder Poststation einfach nur die Gäule ausgetauscht – aber doch nicht gleich die ganze Kutsche!“

Was Wolfgang mittlerweile milde stimmt, ist die Tatsache, dass nun endlich alle Ruhrstadtbürger ab 65 kostenlos Bahn und Busse nutzen dürfen.

Komisch, was mir gerade so alles durch den Kopf geht. Muss wohl mit morgen zusammenhängen. Morgen: der 30. September 2035. Wahltag. Ein ganz besonderer, so ganz ohne die üblichen hohlen Wahlkampfparolen, sondern einer, auf den man sich freuen kann, der von Hoffnung, aber auch von Stolz und Genugtuung getragen ist, weil es heftige Widerstände auszuhalten galt, bis die Menschen hier es geschafft haben, ihren großen Traum wahr werden zu lassen: WIR, das Ruhrgebiet, wir werden zum Bundesland 17, selbständig und frei!

Und morgen sind wir die Taufpaten. Das Kind braucht schließlich einen schönen Namen.

Der Besuch kommt …

Plötzliches Fahrradklingeln reißt Gisela aus ihren Gedanken. Enkel Max und seine Frau Sophia sind mit ihren Rädern angekommen, winken lachend über den Gartenzaun und nehmen ihre Helme ab.

Max ruft sichtlich erschöpft: „Durst!“

„Kommt erst mal rein.“

Gisela macht ihnen das Tor auf und lässt die beiden mit ihren Rädern in den Garten.

„Kommt, setzt euch in den Schatten, ich hol euch was Kühles, es ist ja wie im Hochsommer!“

Die beiden Frauen verschwinden sogleich ins Haus, wo die Temperaturen angenehmer sind.

Max setzt sich zu seinem Großvater. Die beiden verstehen sich richtig gut. Max und Sophia kommen immer gern hierher nach Vonderort.

Max ist froh darüber, dass seine Großeltern aus der Oberhausener Innenstadt in diese neue, helle Siedlung gezogen sind und dass sie noch so vital und aktiv sind. Oftmals verabreden sich die vier zum gemeinsamen Radfahren, und Opa Wolfgang ist stolz darauf, noch alle Touren mit seinem „Bio-Rad“, wie er „die echten Fahrräder“ ohne elektrische Unterstützung nennt, zu bewältigen.

Als Max ihn fragt, wann sie denn wieder gemeinsam in die Pedale treten sollen, winkt Wolfgang ab: „Nee, Max, nicht bei der Hitze, da komm ich höchstens bis zum BernePark! Lass es erst mal etwas kühler werden. Dann gerne. Apropos Hitze: Glaubst du, dass die Menschheit das mit dem immer dolleren Wetter wirklich stoppen kann? Die Pole schmelzen, wenn auch langsamer, aber der Meeresspiegel steigt doch weiter. Wie soll das nur enden? Du, ich hab hier einen Nachbarn, der war mal Karosseriebauer, der hat die verrücktesten Ideen. Und der kann Holländisch.“

„Du meinst Niederländisch, Opa.“

„Meinetwegen. Jedenfalls glaubt mein Nachbar ganz fest daran, dass irgendwann alle Holländer zu uns kommen, weil ihr Land absäuft und die dann keinen Platz mehr haben. Und dann wäre es doch gut, sagt er, dass er die Sprache kann und Ahnung vom Karosseriebau hat. Jetzt tüftelt er aus, wie er wohl holländische Wohnwagen schwimm- und steuerbar machen kann – und mit dem Patent hat er dann ausgesorgt. Verrückt, oder?“

„Schöne Geschichte, Opa, aber eigentlich nicht zum Lachen. Das ist bitter: Da gehen Lebensräume und ganze

Kulturen verloren, denk doch mal an Asien. Das ist nicht lustig. Die armen Leute."

Opa und Enkel diskutieren gern miteinander, und Wolfgang mag es, dass Max mit seinen Ansichten nicht hinter dem Berg hält.

Als die Frauen später den Tisch abräumen …

… und ins Haus gehen, nutzt Wolfgang die Gelegenheit, seinen Enkel wegen der morgigen Namenswahl für das neue Bundesland anzusprechen.

„Du bist also für Emscherland, Max?"

„Eindeutig."

„Und Sophia?"

„Die auch. Mensch, Opa, guck doch mal auf die Landkarte: Wo ist deine Ruhr denn da? Ganz unten im Süden am Rand deines ‚Ruhrlands': eine Randerscheinung. Und dann guck dir dagegen die Emscher an: ein schönes, sauberes Gewässer im Grünen mit Radwegen und tollen Freizeitmöglichkeiten – und das Wichtigste dabei: Sie fließt mitten durch unser Land! Endlich kann das mal korrigiert werden. Darum bin ich für Emscherland. Opa, es muss auch einmal vorbei sein mit der alten Kohlenpott-Romantik. ‚Pott', das klingt so abwertend; seid doch mal mutig und traut euch endlich mal raus aus eurem grauen Pott! Ruhrland? Nee, Opa, ich möchte nicht in einem Land leben, das so klingt, als ob die Menschen dort alle was am Darm haben."

„Okay, Max, geografisch haste mit der Ruhr ja recht, aber guck mal: Das Ganze hat doch auch was mit Geschichte zu tun. Und mit Identität. Das sind auch keine alten Zöpfe, und ich bin auch nicht so alt und festgefahren, dass ich mir nichts Neues vorstellen kann. Aber um bei Geschichte und Identität zu bleiben: Du kannst einem gewachsenen

Lebensraum wie dem Ruhrgebiet nicht einfach einen neuen Namen aufs Auge drücken – und zack, fertig! Damit identifiziert sich doch keiner! Du hast doch selbst gerade die Menschen in Asien bedauert, die ihre Heimat mitsamt ihrer Kultur ans Meer verlieren werden. Auch wenn eure Generation vielleicht darüber müde lächelt, aber das hier ist Heimat, wir haben hier ein ganz besonderes Regionalbewusstsein! ‚Ruhr', das ist unser Markenzeichen seit eh und je. Auf solche Gefühle muss man Rücksicht nehmen."

„Ach, Opa! Heimat. Du sprichst ja schon wie die ewigen Schlesier oder Ostpreußen, die immer ihre ‚Häimat' bejammern."

„Junge, du kannst es nicht wissen, weil es vor deiner Zeit war, aber als im letzten Jahrhundert Wanne von Herne und Wattenscheid von Bochum geschluckt wurden, mein lieber Scholli! Da hat es aber Proteste ohne Ende gegeben. Wenne Wanner warst, warste Wanner und wolltest es auch bleiben – und niemals 'n Herner werden. Glaub mir, da sträubt sich aber gewaltig was; so was tut richtig weh. Identität, die kann man nicht mal eben so mit 'nem neuen Namen schaffen. Identität, die entsteht dadurch, dass sie wächst. Und das braucht Zeit, viel Zeit. Das hat mit Geschichte zu tun. Darum werde ich mich morgen für Ruhrland entscheiden. Emscher schön und gut, Max, aber auch die braucht erst mal ihre Zeit, bis ihr letzter Hauch von Köttelbecke aus den Köpfen der Menschen verduftet ist. Und wie war es denn 2030, als wir hier insgesamt zur Ruhrstadt wurden? An die Proteste kannst du dich doch selbst noch gut erinnern. Mittlerweile haben wir uns auch nur deshalb daran gewöhnt, weil uns die alten Ortsnamen noch alle erhalten geblieben sind. Nur eben mit ‚Ruhrstadt' vorneweg. Und als es hieß, dass das Ruhrgebiet ein eigenes, freies Bundesland wird: Was haben sich die Leute vom Niederrhein bis

Wesel oder die münsterländische Ecke aus der Gegend um Recklinghausen aufgeregt! Und ja: Ich konnte die alle gut verstehen, dass die nicht mitmachen wollten, weil sie sich mit dem Ruhrgebiet nicht identifizieren können. Du, da hätte ich auch gemoppert. Gut, am Schluss ist dann ja auch 'ne prima Lösung für alle gefunden worden. Egal: Ich freu mich auf unser eigenes Bundesland und dass wir's geschafft haben. Nur dass Essen wohl Landeshauptstadt werden soll, passt mir nicht so in den Kram. Essen hat schon immer das ganze Flutlicht abgekriegt. Warum denn nicht Gelsenkirchen oder Bottrop?"

„Hihi, und was ist mit Dortmund, Opa?"

„Mein lieber Max", feixt Wolfgang und versucht dabei ein ernstes Gesicht zu machen, „du betrittst gerade gaaanz dünnes Eis. Gerade wollte ich dir 'n richtig schönes kühles Bier anbieten, aber ich glaube, ich habe es mir spontan anders überlegt."

Beide müssen lachen.

Später, es ist Abend und immer noch warm …

… brechen Max und Sophia auf, um nach Hause zu radeln. Als die beiden sich auf ihre Räder schwingen, um loszufahren, ruft Wolfgang ihnen nach: „Und vergesst bloß nicht, morgen zur Wahl zu gehen und das Kreuz an die richtige Stelle zu setzen, hört ihr?" Und dann sind sie auch schon um die nächste Biegung verschwunden.

„So, Gisela, jetzt sind sie verduftet, unsere Emscherländer. War doch wieder schön heute, oder? Sag mal: Hast du was richtig Herzhaftes zum Abendbrot?"

Björn Wilmsmann
Bundesland 17:
Neue Lebens- und Arbeitswelten

LICHTBLICK KINO

Auf „Neues vonne Ruhr“ – dem Blog für Bundesland 17 – veröffentlichte Rückschau auf neue Wege, die im ehemaligen Ruhrgebiet seit dessen Unabhängigkeit eingeschlagen wurden.

Manchmal muss die Lage erst schlechter werden, bevor sie besser werden kann …
Als zunächst die Sonderwirtschaftszone Ruhr geschaffen wurde und wenig später aus ihr das 17. Bundesland entstand, sah es noch düster aus in der früher gerne als solche beworbenen Metropole Ruhr.
Obwohl die Gründung einer gemeinsamen Stadt im Ruhrgebiet schon seit den 1920er Jahren immer wieder diskutiert wurde, wurde solches aber bis zu den 2020er Jahren nie wirklich ernsthaft angegangen. Man hatte es sich mit dem Status quo und dessen zahlreichen Institutionen und Zuständigkeiten schlicht sehr bequem gemacht.

Mit Beginn des neuen Jahrzehnts im Jahre 2020 zeigte sich dann allerdings immer deutlicher, dass sich etwas ändern musste, sollte das Ruhrgebiet noch eine Zukunft jenseits von verrottenden Industriebauten (gemeinhin als „Industriekultur“ verklärt), 1-Euro-Shops, Problemvierteln und als Pendler-Vorort der prosperierenden Städte südlich des Ruhrgebiets haben.

Ein mutiger Plan …
Man fasste daher einen mutigen Plan: Eine Sonderwirtschaftszone Ruhr sollte geschaffen werden, mit dem Ziel, neue Ansätze auszuprobieren und Experimente zu wagen. Aus dieser Sonderwirtschaftszone würde dann mittelfristig ein neuer Stadtstaat als Bundesland nach den Vorbildern Berlin und Hamburg geschaffen. So erhoffte man sich in NRW nicht zuletzt, den Klotz „Ruhrgebiet“ am Bein endlich loszuwerden.

Ziel sollte sein, neue Lebens- und Arbeitsformen zu schaffen und auszuprobieren, die teilweise bewusst mit alten, noch aus Zeiten der Industrialisierung tradierten Strukturen brachen. In der Rückschau lässt sich sagen, dass diese Idee ein großer Erfolg wurde. Die Ruhrstadt machte sich das Label „Strukturwandel“ zu eigen und füllte es endlich mit Inhalt.

War das Ruhrgebiet früher eher nicht als Wiege von Innovation und Schaffenskraft berühmt, so zeigte sich dort nun nach und nach eine geradezu experimentierfreudige Macherkultur. Not macht eben doch erfinderisch.

Neue Ansätze …

Die verfolgten Ansätze waren zahlreich und hatten als Ziel, Lebens- und Arbeitswelten neu zu denken und Raum für Innovationen zu schaffen, die diese Bezeichnungen verdienen. Man wollte nicht mehr nur einfach mit dem Status quo leben, sondern machte sich ernsthaft Gedanken darüber, wie großstädtisches Leben für die Zukunft aussehen könne. Im Folgenden soll es nur um zwei der zahlreichen neuen Wege gehen, auf die man sich im 17. Bundesland gewagt hat.

Aus der Not eine Tugend gemacht: Remote Work statt Verkehrschaos …

Ein wichtiger Aspekt städtischen Lebens war schon immer das „Wo?“ und das „Wie?“ von Arbeit: Wo arbeiten die Menschen? Und wie kommen sie dahin?

Im Ruhrgebiet war die Verkehrssituation fast schon traditionell immer problematisch, problematischer noch als in anderen Städten. Diese traditionelle Schwäche wurde nun als verborgene Stärke erkannt. Das, was in längst vergessenen NRW-Zeiten manchmal als „Telearbeit“ bezeichnet worden war, sollte nun angemessen gefördert werden: Remote Work. Durch moderne Kommunikationstechnologie war der physische Ort für viele Jobs, die vor allem in Büros erledigt werden, eigentlich schon länger nicht mehr notwendig. Aber althergebrachte Gewohnheiten halten sich manchmal lange, auch wenn sie keinen wirklichen Sinn mehr ergeben.

Das Ruhrgebiet als Region, in welcher der private PKW traditionell eine besonders wichtige Rolle spielte, war ursprünglich kein Vorreiter in Sachen örtlich unabhängiger Arbeit, die von überall dort erledigt werden kann, wo es einen Internetanschluss und einen Computer gibt. Jedoch wurde gerade deswegen die Not im Ruhrgebiet so groß, dass es für viele Menschen zeitlich – und nervlich – gar nicht mehr sinnvoll möglich war, den täglichen Wahnsinn des Pendelverkehrs auf sich zu nehmen, um zu einem Ort zu gelangen, an dem man Arbeit erledigte, die genauso gut vom heimischen Schreibtisch aus getan werden könnte.

In Bundesland 17 beschloss man, auch in dieser Hinsicht neue Wege zu gehen, und förderte nicht nur die Schaffung adäquater Infrastruktur, sondern auch die Bereitschaft von Unternehmen, ihren Mitarbeitern die Option zu bieten, von zu Hause zu arbeiten. Es wurden finanzielle Anreize durch Förderung von nicht ortsgebundenen Arbeitsplätzen geschaffen und schließlich gar ein Recht auf Remote Work für Bürojobs durchgesetzt.

Dies hatte laut Studien nicht nur die direkte Folge, dass die Produktivität in einigen Branchen deutlich stieg und Menschen weniger gestresst waren, was sich nicht zuletzt auf den Straßen und in den Zügen des Nahverkehrs zeigte, sondern löste die seit Jahrzehnten schwelenden Verkehrs-, Umwelt- und Klimaprobleme in der Region gleich mit. Schließlich machte der tägliche Pendelverkehr zuvor einen

Großteil des Verkehrsaufkommens aus. Dies führte wiederum zu einer wahrnehmbaren Steigerung von Lebensqualität durch saubere Luft und weniger Lärmbelastung. Gleichzeitig wirkten Produktivitätssteigerung und geringere Kosten wie ein Wirtschaftsförderprogramm.

Kurz: Man machte aus der Not eine Tugend. Aus einem der drängenden Probleme der Region entstand eine visionäre Idee, von der alle Beteiligten profitierten.

Innenstädte: Freizeiträume statt Einzelhandel …

Während man bis weit nach der Jahrtausendwende im Ruhrgebiet immer noch an der althergebrachten Idee festhielt, dass Innenstädte gleichbedeutend mit Einzelhandel seien und die einzelnen Städte damals noch ihr Heil in groß angelegten Einkaufszentren suchten, bei denen bereits absehbar war, dass ihnen keine langfristige, nachhaltige Zukunft beschieden sein würde, setzte auch hier in Bundesland 17 ein Umdenken ein.

Der Online-Handel und die zunehmende Verarmung wie Vereinheitlichung der Innenstädte durch Einzelhandelsketten, 1-Euro-Shops, Wettbüros und Imbissbuden hatten zu tristen Ladenzeilen und dauerhaften Leerständen geführt. Um dieser Entwicklung nicht weiter tatenlos zuzusehen oder sich ebenso stur wie vergeblich unausweichlichen Veränderungen entgegenzustemmen, besann man sich darauf, Innenstädte nicht mehr als Ansammlung von Ladenlokalen, sondern als Lebensräume zu betrachten, in denen Menschen sowohl Freizeitgestaltung als auch Arbeit nachgehen können. Statt einem stresserfüllten Ort, an dem man nach nervenaufreibender Anfahrt und Parkplatzsuche ebenso gehetzt Einkäufe tätigte, sollten Innenstädte zu fußläufig oder mit dem Nahverkehr bequem erreichbaren Räumen werden, in denen man sich gerne und entspannt aufhält.

Neben Infrastruktur und Dienstleistern, wie zum Beispiel Ärzten, sollten Innenstädte vor allem neue Geschäftskonzepte, Büroräumlichkeiten für neue Unternehmen, interessante Restaurants und Cafés, Pop-up-Stores zum Ausprobieren neuer Geschäftsideen sowie Räume anbieten, die zum Verweilen einladen. Dazu gehören unter anderem Veranstaltungsräume, Ateliers für Künstler, Sportmöglichkeiten, Parks und Spielplätze.

Um dies zu erreichen, waren neben der Umwidmung klassischer Einzelhandelsflächen auch Um- und Rückbau städtischer Flächen notwendig: Mehr Grün, mehr freie Flächen zur freien Gestaltungsmöglichkeit lautete das Motto. Auch viele der alten, mittlerweile leerstehenden Einkaufszentren wurden nicht einfach abgerissen, sondern nach einem Umbau anderweitig genutzt, zum Beispiel für Vereine und Sport- und Freizeitmöglichkeiten.

Um dem Leerstand abzuhelfen, hatte man in einigen der ehemaligen Städte des neuen Bundeslandes eine weitere Idee: Leerstehende Ladenlokale wurden von örtlichen Genossenschaften aufgekauft und danach Startups sowie örtlichen unabhängigen Einzelhandelsunternehmen mit neuen Geschäftskonzepten sehr günstig zur Miete zur Verfügung gestellt. Nicht nur wurden aufgrund solch lukrativer Angebote die Innenstädte gewissermaßen von heute auf morgen neu belebt, sondern die so in die Innenstädte gelockten interessanten neuen Unternehmen entfalteten eine Sogwirkung auf Bürger wie weitere Unternehmen gleichermaßen.

Nicht zuletzt besaßen die so angesiedelten Unternehmen einen weiteren immensen Vorteil für die Städte und deren Verwaltungen: Im Gegensatz zu den großen Ketten, welche früher die Innenstädte dominierten, hatten sie ihren Sitz in der jeweiligen Stadt und führten daher auch dort ihre Gewerbesteuer ab. Während früher die Ansiedlung großer

Ketten eher sogar noch negative Auswirkungen auf die jeweilige Stadtkasse hatte, spülte dieses neue Konzept praktisch im Handumdrehen neues Geld in die Städte; Geld, das wiederum in die Innenstädte, die Verbesserung von Infrastruktur und Lebensräumen investiert werden konnte.

Ein weiterer wesentlicher Aspekt des Auflebens der Innenstädte im 17. Bundesland war die Schaffung von Räumlichkeiten, die von Künstlern für ihre Arbeit genutzt werden konnten: Proberäume für Musiker, Ateliers für Maler und bildende Künstler, Veranstaltungsräume, offen zugängliche Werkstätten, die einzeln oder gemeinsam für Projekte genutzt werden können. Diese Möglichkeiten erlauben es Menschen, Interessen nachzugehen, sich auszutauschen und die Werke anderer zu bestaunen. Dieser lebendige Austausch wiederum überzeugte weitere Unternehmen, sich in den neuen Innenstädten anzusiedeln.

Und auch Theater sowie kleine Programmkinos erlebten in diesem Umfeld eine Renaissance. Das künstlerische Flair und die entspannte, einladende Atmosphäre der neuen Freiräume sorgten dafür, dass derlei Angebote wieder Sinn machten und von den Menschen nachgefragt werden.

Während früher eigentlich nur klägliche Weihnachtsmärkte oder mickrige Stadtfeste in den alten Innenstädten ihren Platz hatten – auch weil sie vor allem den Zweck hatten, den Einzelhandel zu fördern oder zumindest nicht zu blockieren –, finden heutzutage regelmäßig Veranstaltungen verschiedenster Art statt. Die Freiräume dazu sind nun vorhanden. Die Innenstädte leben so von einem vielfältigen kulturellen Angebot, das praktisch zu einem Selbstläufer geworden ist.

Waren früher die Innenstädte das Sorgenkind der Stadtentwicklung im Ruhrgebiet, so sind sie heute in Bundesland 17 das Kernstück für dessen Erfolg.

Inge Meyer-Dietrich
#visionBL17RE

TACHELES

Liebe Mascha,

oh nein, ich habe nicht vergessen, warum du ausgewandert bist, deiner Heimat den Rücken gekehrt hast. Und das sag ich nicht als Vorwurf. Ich habe dich ja verstanden. Sehr gut verstanden sogar, auch wenn ich es ungern zugebe. Wie oft war ich selbst wütend auf das Ruhrgebiet, wütend über das, was wir mit uns machen ließen.

Das Wort Strukturwandel konnte ich schon nicht mehr hören, weil es etwas vorgaukelte, was allenfalls halbherzig stattfand. Immer führten wir im Pott die Rankings an, wenn es um Negatives ging wie Arbeitslosigkeit, Stimmenzuwachs für die extrem Rechten oder die Anzahl der Staus auf den Autobahnen. Und waren Schlusslicht bei positiven Werten wie Lebensqualität und Bildung.

Glaub mir, ich wäre auch gegangen, wenn wir die Kinder nicht hätten. Doch Charlotte und Moritz wollten partout nicht weg. Und immerhin haben Robert und ich ja auch Jobs, die uns herausfordern.

Aber was ist mit dem ewigen Frust?, höre ich dich fragen. Mit euren Idealen, die doch immer wieder auf der Strecke blieben, weil die Voraussetzungen fehlten, für dich in der Schule und für Robert bei der Stadtplanung?

Stimmt alles, zugegeben. Ich habe mich genau wie du immer ganz besonders darüber geärgert, wie miserabel es um die Durchsetzung von Kinderrechten bei uns – allerdings nicht nur im Ruhrgebiet – bestellt war. Dass immer noch so geplant wurde, als wären alle Menschen erwachsen, berufstätig, gesund und vor allem Autofahrer, die grundsätzlich in allen Bereichen Vorfahrt hatten.

Dass wir gegen jedes bessere Wissen weiterhin viel zu große Schulklassen unterrichten mussten und die Schulgebäude zu maroden, hässlichen Orten verkamen, wo Lust und

Neugier aufs Lernen kaum eine Chance hatten. Ich weiß, ich weiß! Ich habe nichts davon vergessen!

Wie du sicher schon bemerkt hast, habe ich das in der Vergangenheitsform geschrieben. Ja, so wie oben beschrieben war es bei uns, war es viel zu lange. Aber so ist es nicht mehr. Seit unser Ruhrgebiet zum unabhängigen 17. Bundesland Deutschlands erklärt wurde, herrscht hier eine Aufbruchstimmung, über die selbst wir, die wir sie täglich erleben, nur staunen können.

Du hast gelacht über das 17. Bundesland. Hast geunkt, das würde den endgültigen Bankrott dieser Region herbeiführen. Sahst uns in der Bedeutungslosigkeit versinken wie ein Haus in einem Tagesbruch. Aber seit wir nicht mehr Aschenputtel sind neben Düsseldorf und Köln, sondern auf uns selbst verwiesen, haben wir uns auf unsere Stärken besonnen.

Angefangen hat es mit einem endlich veränderten Blick auf die Schwächsten in unserer Gesellschaft, die Kinder. Sicher wäre das nicht so schnell gegangen ohne die jahrelange Fridays-for-Future-Bewegung, ohne die Herausforderungen, die der Klimawandel an uns stellt. Denn ein kinderfreundliches Ruhrgebiet muss zwangsläufig ein Ruhrgebiet sein, in dem schonend mit unseren Ressourcen umgegangen wird, damit unsere Kinder eine Zukunft haben.

Das klingt dir alles zu theoretisch? Du hast recht. Schade, dass ich dich nicht herumführen und dir zeigen kann, was sich gerade alles verändert. Weil du so stur bist und dich weigerst herzukommen.

Unsere Schule? Du würdest sie nicht wiedererkennen. Kein asphaltierter Schulhof mehr, nein, eine Wiese aus strapazierfähigen Gräsern ist zur idealen Spielfläche für die Kinder geworden. Entsiegelt, somit wasserdurchlässig und klimafreundlich. Ein Schulgarten ist entstanden, in dem jede Klasse ihr eigenes Beet hat. Ein Gärtner im Ruhestand, ein Landwirt und eine Floristin unterstützen die Kinder. So bekommen sie Einblick in die Praxis und profitieren von der Lebenserfahrung ihrer UnterstützerInnen.

Zuvor arbeitslose Eltern haben einen Schulladen aufgemacht; da verkaufen sie Obst, Gemüse und Blumen. Und obwohl sie Geld für ihre Jobs bekommen, bleibt immer noch was für Projekte übrig. Um Quereinsteiger als Lehrer zu bezahlen zum Beispiel, denn wir haben tatsächlich nicht mehr als 16 Kinder in einer Klasse. Und um Kinder mit Lernschwächen kümmern wir uns ganz intensiv.

Speziell zum Thema Lesen: Ich hab dir doch erzählt, wie beeindruckt ich war nach dem Besuch von Schulen in Dänemark, wo die Kinder jeden Morgen bei Schulbeginn erst einmal zehn Minuten lang still für sich lesen dürfen. Bücher, die sie sich in der Schulbibliothek selbst aussuchen. Da redet ihnen niemand rein. Und es werden auch keine Arbeiten darüber geschrieben. Das machen wir hier inzwischen auch. Du müsstest sehen, wie viel ruhiger und konzentrierter die Kinder anschließend sind. Und wie viel mehr sie inzwischen freiwillig lesen, auch zu Hause. Und sogar ihre Familien mit der Leselust anstecken. Welche Freude immer mehr Kinder an Büchern haben, Kinder, die früher stöhnten, wenn sie nur ein paar Sätze lesen sollten. Wie sehr die Rechtschreibung sich dadurch verbessert, brauche ich eigentlich nicht zu erwähnen.

Hausaufgaben haben wir abgeschafft. Und auch manches Weitere haben wir in Sachen Schule von den erfolgreichen Finnen abgeguckt. Wir tun auch nicht so, als hätten wir alles selbst herausgefunden, was wir hier praktizieren. Erst letztes Jahr haben wir mit dem phänomenorientierten Lernen begonnen, bei dem Kinder auf ihre eigene Weise, je nach ihren Stärken und Schwächen lernen können, und zwar nicht mehr im starren Klassenverband. Auch das haben die Finnen uns voraus. Zugegeben. Bei uns läuft es noch etwas chaotisch, aber wir arbeiten dran.

Ich sehe an unseren eigenen Kindern, wie gut ihnen diese Art zu lernen tut. Moritz hatte wegen seiner Leserechtschreibschwäche gar keine Lust mehr auf Schule, und jetzt fragte er doch allen Ernstes in den großen Ferien, wann er endlich wieder in die Schule gehen könne. Und Charlotte ist glücklich, weil Kunst den Lehrplan mitbestimmt, egal ob Zeichnen, Schreiben, Musizieren, Theater spielen …

Dass Kinder achtsamer mit ihrer Umgebung umgehen, wenn die schön gestaltet ist, hat sich ja auch längst herumgesprochen. Und das erleben wir jetzt jeden Tag. Die Kinder fühlen sich wohl in den hellen Klassenzimmern mit pastellfarbenen Wänden und ergonomischen, formschönen Möbeln (form follows function, war das nicht einer deiner Lieblingssprüche?).

Und draußen, wo inzwischen so viel Unterricht stattfindet wie nur eben möglich, passen die Kinder ganz von allein auf, dass niemand die Wiese und die Beete im Schulgarten zertrampelt oder zumüllt. Schließlich haben sie viel Arbeit da hineingesteckt und sind stolz darauf.

Ach ja, und einen Färbergarten, das hätte ich fast vergessen, den haben wir inzwischen auch. Was das ist, muss ich dir nicht erklären, du wolltest ja selbst schon einen anlegen, als du noch hier gearbeitet hast. Bist damals am störrischen Kollegium gescheitert. Wir waren einfach noch nicht so weit. Und wir waren noch nicht 17. Bundesland! Jetzt muss ich aufpassen, dass die Begeisterung nicht zu sehr mit mir durchgeht.

Und ich will dir ja noch schreiben, was sich bei der Stadtplanung tut, warum auch Robert wieder so richtig brennt für seinen Beruf wie zu Anfang.

Erst mal ist endlich der Verkehr neu reguliert worden. Autos fahren bis auf nötige Ausnahmen nur auf dem Ring um die Stadt. Die meisten Straßen und Plätze können zum Spielen genutzt werden und sind Treffpunkte für Menschen jeden Alters. Dazu später noch mehr. Der ÖPNV orientiert sich am Bedarf und wird immer wieder neu erfasst. Zu Stoßzeiten fahren Busse und Bahnen im Drei- bis Vier-Minuten-Takt, am Abend kleinere Busse für weniger Passagiere auch immerhin noch alle 15 Minuten und durchgehend in der Nacht jede Stunde oder auf Abruf.

Robert und ich, die ja notgedrungen – wie wir glaubten – immer zwei Autos haben mussten, haben inzwischen gar keins mehr. Wir haben uns ein Lastenfahrrad angeschafft, das mit einer Brennstoffzelle ausgestattet ist. Wie die funktioniert? Guck nach bei Wikipedia, liebe Freundin. Du weißt, mit der Technik hab ich es nicht so. Und unsere normalen Räder haben wir natürlich auch noch.

Taxi Mama oder Papa zur Schule gibt es längst nicht mehr. Weißt du noch, wie manche der sogenannten Helikopter-Eltern ihre Kinder am liebsten bis ins Klassenzimmer gefahren hätten? Und wie gefährlich das war, besonders in den dunklen Wintermonaten und bei Regen?

Inzwischen gibt es feste Treffpunkte für die Grundschulkinder, wo sie sich auf ihrem Schulweg sammeln, auch und gerade die Erstklässler. Zwei Erwachsene begleiten sie, und sie kommen sicher und fast immer pünktlich in der Schule an. Mit dem Nachhausegehen ist es genauso. Das bringt Ruhe in die Stadtteile mit Grundschulen und fördert gleichzeitig den Zusammenhalt in den Klassen. Die Kinder lernen sich von Anfang an in unterschiedlichen Lebenssituationen kennen.

Und die älteren Kinder fahren in die weiterführenden Schulen mit Bussen oder, wie Charlotte und Moritz, mit dem Fahrrad. Robert und ich fahren, du kannst es dir denken, auch mit unseren Rädern zur Arbeit. Ja, ja, lach nur, die reinsten Heiligen, höre ich dich spotten.

Jetzt noch was zu den Neubauten. Es sind allerhand hässliche Häuser abgerissen worden, um die es nicht schade war. Und was sich dabei recyceln ließ, wurde für neue, formschöne, menschen- und tierfreundliche Bauten verwendet. Etliche Häuser mit hängenden Gärten sind entstanden. Das haben wir von den Schweizern gelernt. Ich schick dir nächstens mal Fotos. In München praktiziert man das Recyceln am Bau übrigens schon seit Längerem. Ja, auch die Bayern haben Stärken. :-)

Dabei fällt mir ein: Wie findest du es, dass der VfL Bochum und der BVB, der MSV Duisburg und Rot-Weiß Essen genau wie Schalke 04 alle in der ersten Bundesliga spielen? Das ist doch wohl der Hammer. Ich hab es mir immer gewünscht und doch nie für möglich gehalten. Aber wie heißt es so schön: Wunder gibt es immer wieder …

Mascha, ich schreibe mit Unterbrechungen schon tagelang an diesem Brief, und obwohl es mir Freude macht, dir von all unseren neuen Errungenschaften zu erzählen, werde ich immer wieder sauer über deine Ignoranz. Ich weiß, Freiburg ist eine sehr schöne klassische Universitätsstadt. Die Nähe zum Schwarzwald, zum Elsass, in die Schweiz machen sie zusätzlich attraktiv. Ihr habt die malerische Altstadt, den Markt mit südlichem Flair, und mitten durch Freiburg fließt die Dreisam. Ich will dir das alles kein bisschen madig machen. Aber auch wenn ich mich wiederhole: Raff dich auf und komm uns endlich mal besuchen. Du musst ja nicht bleiben. Erinnerst du dich noch an den Satz von Picabia, der seit Jahren innen auf unserer Klotür steht: Unser Kopf ist rund, damit das Denken die Richtung wechseln kann. Sei jetzt nicht gleich beleidigt, ich traue dir wirklich zu, dass dein Kopf das hinkriegt mit der Richtungsänderung.

Und waren wir alle nicht mal angetreten, die Welt zu einem besseren Ort zu machen? Bei uns im Ruhrgebiet kannst du sehen, wie es Schritt für Schritt in diese Richtung gehen kann, wenn auch manchmal mit Rückschlägen und Enttäuschungen. Das will ich gar nicht verschweigen. Wir Menschen sind nun mal nicht perfekt.

Aber wenn ich an unsere Nachbarschaftsprojekte denke, wird mir sofort wieder warm innen drin. Denn das ist so schön! Alt und Jung profitieren voneinander. Leute, die früher einsam und isoliert gelebt haben, blühen auf, egal ob Leih-Omas oder Leih-Enkel. Wir haben jede Menge ZWAR-Gruppen, und nur falls du es nicht weißt: ZWAR heißt zwischen Arbeit und Ruhestand, gibt es bei euch hoffentlich auch.

Unsere Nachbarin ist eine junge Studentin und Mutter. Manchmal babysitten Charlotte oder Moritz bei ihr. Das geht natürlich nicht während der Schulzeit. Aber, tata, rüstige RentnerInnen haben Coworking mit Kind ins Leben gerufen. Hätten wir das bloß auch schon gehabt. Details liefere ich bei Interesse gerne nach.

Denn, du, ich muss auf die Uhr gucken und demnächst Schluss machen mit dem Schreiben. Wir haben nämlich in der Aula unserer Schule eine Art Ringvorlesung eingeführt, spannende Vorträge mit immer lebhaften Diskussionen hinterher. Bei gutem Wetter auf einem der inzwischen so schön gestalteten autofreien Plätze unserer Stadt. Und es gibt nicht mehr nur den oder einen Ort, es gibt es etliche Ableger. So was wie Londons Speaker's Corner im Hyde Park. Und du wirst es nicht glauben, aber da kommen nach einer längeren, etwas mühseligen Anlaufphase inzwischen nicht mehr nur die Akademiker hin. Da triffst du auch unseren Bäcker und die Gemüsefrau, den Straßenkehrer und die Briefträgerin. Hat doch jeder seinen Platz im Stadtgefüge. Auch die Kinder und Jugendlichen haben viele Möglichkeiten, ihre Meinung zu sagen, und sind in Entscheidungsprozesse in Stadt und Schule, ja sogar schon über die Abläufe in den Kitas mit einbezogen.

Ich glaube, nur so bleibt Demokratie lebendig. Nur so gibt es irgendwann vielleicht nicht mehr nur die wenigen da oben und die vielen da unten. Vielleicht.

Heute soll es im Vortrag eines Soziologen um das Thema Gewalt in der Sprache gehen. Ich bin schon gespannt. Und ich hab meiner Mutter versprochen, sie abzuholen. Sie geht ja schon auf die achtzig zu und ist, wie sie selbst sagt, etwas tüdelig geworden, steigt auch schon mal in den falschen Bus. Was nicht tragisch wäre, es würde ihr auf jeden Fall jemand helfen, wieder nach Hause zu finden. Hier wird inzwischen mehr denn je in freundlicher Weise aufeinander geachtet. Und meine Mutter will um keinen Preis den heutigen Vortrag verpassen. Tüdelig hin oder her, du müsstest sie sehen, wie ein Leuchten in ihre Augen kommt, wenn sie von Ernst Bloch erzählt und seinen Vorlesungen, die sie in Tübingen gehört hat. Prinzip Hoffnung, du weißt schon. Wie der Ernst Bloch und der Karl Marx sich freuen würden, sagt sie immer, wenn sie von den freien Diskussionen in unserer Aula oder auf den öffentlichen Plätzen der Stadt spricht. Sie mischt sich immer noch in die Diskussionen ein, dabei ist sie erstaunlich klar. Zum Thema des heutigen Vortrags hat sie gleich gesagt: Wenn wir nicht schaffen, der Gewalt in der Sprache entschieden entgegenzutreten, brauchen wir uns nicht zu wundern, wenn aus den Worten Taten folgen.

Da kann ich ihr nur zustimmen. Und ich freue mich, dass sie, die Altachtundsechzigerin, Charlotte und Moritz zu Demos begleitet. Darüber ein andermal mehr. Ich muss jetzt wirklich zum Ende kommen.

Doch eins ist klar, wir wollen nicht mehr weg aus dem Ruhrgebiet, Robert und ich. Wir bleiben aus freien Stücken und voller Überzeugung. Es ist noch so viel zu tun.

Alles Gute für dich, und wer weiß, Wunder gibt es immer wieder, summt es in meinem Kopf …

Ich war schon drauf und dran, dir eine Bahnfahrkarte zu schicken. Auch wenn ich weniger verdiene als früher, kann ich mir sogar mehr leisten, seit so viele Kosten weggefallen sind. Und wir legen im Kollegium zusammen für junge Referendare, die uns beim Unterricht unterstützen.

Falls du immer noch nicht kommen magst, schreib mir wenigstens mal wieder. Du fehlst mir.

Es grüßt dich von Herzen aus dem Bundesland
der schier unbegrenzten Möglichkeiten
Deine Johanna

Bernd Berke

Lamento eines Werbetreibenden oder: Uneins mit sich selbst

DORTMUNDER
BIER
2,20

Tolle Wurst

Nette Kneipe hier, der „Kumpel Anton", oder? Fast wie früher mal. Nur ganz anderes Publikum heute. Kann man gut mit Besuch von auswärts hingehen, auch mit euch Münchnern. Na, dann prost auch! Leute, das war wieder ein Tag! Oder besser: „Tach". Dat sollen wir ja sagen und schreiben, weil es so furchtbar authentisch wirkt, nicht wahr? Egal. Ich bin fix und fertig. Mal wieder über zwölf Stunden im Frondienst der Imagepflege.

Aber gezz ma ährlich, um mit Tegtmeier zu reden: Mensch, geh mich wech mit'm 17. Bundesland! Diesmal haben sie keine der tollen Agenturen aus München oder Berlin beauftragt, sondern unsere Klitsche in Dortmund. Tschuldigung: Doaaatmund natürlich. Vorwärts mit heimischer Kreativität, nech? Seitdem rackern wir uns mit der Imagekampagne fürs neue Bundesland ab. Ruhrland, hahaha. Ich mag's eigentlich nicht mehr hören.

Harry, mach mal noch'n Pils! – Eigentlich mag ich ja lieber 'nen gepflegten Rotwein, aber zur ganzen Ruhrgebiets-Schaffe passt Pils nun mal besser. Immer noch. Ja, is' klar, ne? Wohlsein! Ahhhhh. Dat zischt aber richtig.

17. Bundesland. Ja, hömma! Tolle Wurst! Schon aus der Zahl 17 kann man beim besten Willen nix machen. Keine vielsagende Symbolik, keine Erotik, kein biblischer Bezug, gar nichts Greifbares. Das ist einfach nicht sexy. Oder fällt euch da was ein? Na bitte! Und hinter welcher Sache könnten sich die Menschen hier versammeln? Bergbau? Seit Jahrzehnten vorbei. Stahl? Vorbei. Bier? Kommt nur noch aus dem Sauerland. Alles pure Nostalgie. Nur noch Symbole. Mundart mit Maloche und Mottek? Na ja, ich weiß nicht. Wie bitte? Kultur und Kulturhauptstadt? Also wirklich, ich bitte euch! Olympia-Bewerbung? Jetzt werdet aber nicht komisch.

Und Fußball? Na ja. Die Vereinsbosse sind ganz berauscht vom „neuen“ Ruhrland. Sogar eine Fusion von Schalke und BVB wollen sie nicht mehr ausschließen. Wir müssen international mithalten, sagen sie. Mit England, Spanien und Bayern. Die Fans sind allerdings irgendwie dagegen. Es droht Randale. Schlimmer noch: Wir stehen womöglich am Vorabend der Ruhrischen Revolution. Klingt euch zu geschwollen? Aber wie soll man das denn sonst nennen? Hab' ja schließlich auch studiert.

Harry, noch eins bitte! Ja, sicher.

Natürlich sollten wir mit unseren Slogans die Wahrheit elegant umschiffen: dass ziemlich viele Menschen weggezogen sind, weil sie nicht in einem reinen Ruhri-Bundesland leben wollten. Unser Eckchen Welt ist ja immer ländlicher geworden. Emscher und Ruhr schlängeln sich durch liebliche Auen, überall quaken die Frösche. Okay, da setzen wir natürlich erst mal an mit unserer Imagewerbung. Deutschlands grünstes Bundesland. Frogs for future und so. Touristen zuhauf. Hätten wir jedenfalls gerne. Aber bis die Schwaben und Bayern das glauben, vergehen noch weitere Jahrzehnte.

Das Gezerre um die Hauptstadt des neuen Bundeslandes hat unserem Ruf jedenfalls geschadet. Essen und Dortmund haben einander bitter bekämpft. Heute teilen sie sich den zweifelhaften Spaß, so wie früher mal Berlin und Bonn im Bund. Wobei Dortmund eher Bonn ist, die Essener Wirtschaftskraft hat sich durchgesetzt. Tschuldigung: die verbliebene Wirtschaftskraft.

Deshalb durften wir ja überhaupt ein eigenes Bundesland werden. Weil wir vorher die Wirtschaftsbilanz von Nordrhein-Westfalen regelmäßig versaut haben. Die haben uns gerne ziehen lassen. Aber wem sage ich das? Ihr wisst ja Bescheid.

Ich könnt' noch'n paar Schlückchen Hopfenkaltschale brauchen. Harry, nomma 'ne Runde!! – Prösterchen! So jung kommen wir nie mehr zusammen. Hat mein Oppa auch immer gesacht. Recht hatta gehabt.

Schnöseldorfer

Wo war ich stehengeblieben? Ach ja. Hauen und Stechen. Ihr erinnert euch: Als Rest-NRW damals in Rheinland und Westfalen aufgelöst wurde, da haben die Kölner den verdutzten Düsseldorfern den Titel Landeshauptstadt weggeschnappt. Zack. Einfach so. Im Handstreich. Hab' ich den Schnöseldorfern von Herzen gegönnt. Nun herrscht im Rheinland Kölscher Klüngel. Und Westfalen wird bedächtig von Münster aus regiert. Gelebter Landfunk. Und wir mittendrin, umgeben von fremden Territorien. Hach, wie herrlich ist's doch, sich in Klischees zu suhlen. Vor allem, wenn sie so grausam bestätigt werden.

Es ist ja immer noch so: Der Westfale ist der natürliche Feind des Rheinländers geblieben – und umgekehrt. Und was sind wir im Revier? Eine Mischung aus beiden, sozusagen mit uns selbst verfeindet, auf ewig innerlich zerrissen? Oha, solche abgründigen Gedanken muss ich mir verbieten. Sonst kann ich bald gar keine Werbung mehr machen. Geht ja auch nicht, dass wir Ruhris uns immer so kleinmachen. Wir müssen uns wirklich nicht verstecken. Breite Brust heißt die Parole. Oder etwa nicht?

Der Zoff zwischen Köln und Düsseldorf ging uns Ruhris eh am Arsch vorbei. „Wir sind wieder wer!" Haben wir zunächst gedacht. Und nur noch gelacht, wenn wir uns erinnert haben, dass Teile des Ruhrgebiets mal zum Regierungsbezirk Arnsberg gehört haben, andere zu Münster und wieder andere zu Düsseldorf. Aaaahnsberch, woll? Saukomisch. Damals haben wir vom eigenen Regierungsbezirk Ruhr geträumt, jetzt sind wir sogar ein Bundesland. Eigentlich ein Grund zur Freude. Oder doch nich'? Fragt mich morgen, wenn ich wieder klarer bin.

Mamma-no'n Pilsken, Harry! Jau, ey …

Nur blöd, dass wir jetzt „die in Düsseldorf" (denkt mal zurück: „Schreibtisch des Ruhrgebiets") nicht mehr für unsere Geldprobleme verantwortlich machen können. Wir sind selbst zuständig. Bei dem Gedanken wird nicht nur unseren Politikern mulmig zumute. Fast noch schlimmer: Auf einmal hatten wir auch den ganzen Schulkram am Hals. Bildung ist halt immer noch Ländersache. Nun bibbern wir vor jeder pieseligen Lernstandserhebung. Bloß nicht hinten landen. Bloß keine hämisch lachenden Bayern. Wie? Ich sei von Bayern besessen? Ja, ihr habt gut lachen. Ihr aus'm sonnigen Süden.

Duxit

Ein Alarmzeichen war's, dass Duisburg vor den Gründungs-Verträgen schnell noch aus dem Revier ausgetreten ist, was wir schließlich zähneknirschend als „Duxit" verbucht haben. Schimanski, Wedau und Marxloh ade! Die Duisburger wollten lieber zum Rheinland gehören. Bitte, wenn ihnen Karneval und so'n Gedöns wichtiger ist. Aber es gab ja noch mehr Schwund. Ich erspare euch die Details. Ihr wisst ja ungefähr, wovon ich rede. Hat sich ja auch südlich des Weißwurstäquators rumgesprochen. Und für dieses Revier, für diesen halb-agrarisch gewordenen Städtehaufen sollen wir jetzt die Trommel rühren. Kinder, es gibt in ganz Mitteleuropa kaum einen härteren Job.

Es ist teuflisch: Da sollen wir unser Bundesland als lockendes, klimaneutrales Idyll darstellen. Aber gleichzeitig soll „im politischen Raum" kräftig gejammert werden, damit wir uns beim Länderfinanzausgleich gleich ein paar dicke Scheiben abschneiden können. Ja was denn nun? Geht's uns gut oder nicht? Eine Formel wie „arm aber sexy" können wir auch nicht einfach abkupfern. Wüsstet ihr vielleicht eine passende Parole, über alle Widersprüche hinweg? Vielleicht sollten wir mal unsere altersweisen Landsleute Herbert Knebel und Helge Schneider fragen. Die wüssten sicherlich was. Die kennen sich mit Abstrusitäten aus.

Harry, ey! No' ein'...

Früher wollten wir uns als „Ruhrstadt" vermarkten, dann als „Metropole Ruhr". Als Bundesland müssen wir wieder ganz anders auftreten. Staatsmännischer. Ruhrland klingt immer noch fremd, aber auch schon verbraucht. Oder etwa nicht? Ein „Ruhristan" ließe sich wohl besser verkaufen. „Durchs wilde Ruhristan". Muss ich mir schnell notieren. Vielleicht ein schräger Ansatz. Bin eh in ein paar Tagen mit meiner Präsentation dran. Wie bitte? Ihr seid schon ganz gespannt auf unsere große Kampagne? Ich auch, glaubt es mir. Hohe Erwartungen. Druck von allen Seiten. Schlaflose Nächte. Ich sach's euch.

Dingenskirchen

Übrigens geht mir seit Tagen der Satz von dem Dingenskirchen, äh, diesem Frank Goosen durch den Kopf: „Woanders is' auch scheiße!" Das bauen wir vielleicht irgendwie ein. Das traut sich sonst kein Bundesland. Ich sage nur: gezielte Nestbeschmutzung. Tollkühn. Wow! Wahnsinnig ironisch. Souverän. Alleinstellungsmerkmal. Wiedererkennungswert. Challenge. Claim. Deal. Give me five!

Zahlen, Harry!

Au Mann, so viel hab' ich auf'm Deckel? Ja, leck mich fett! Wie kommt dat denn? Na, stimmt so. Ja, lass man stecken. – Aber sacht ma', Folgendes: Habt ihr in München eigentlich noch 'ne Stelle frei?

Joachim Wittkowski
Niemand hat die Absicht, ein neues Bundesland zu gründen

Allenfalls in einem coniunctivus imaginationis ließe sich darüber nachdenken, wie es wäre, wenn das Ruhrgebiet ein eigenes Bundesland bildete. Wie es wäre, wenn das Ruhrgebiet, wie Berlin, vier Stimmen im Bundesrat hätte, wenn sein*e Ministerpräsident*in turnusmäßig das Amt der/des Bundesratspräsidentin/en ausübte und den/die Bundespräsidenten/in im Bedarfsfall verträte. Wie es wäre, wenn das Ruhrgebiet eigene Landesvertretungen in Berlin und Brüssel unterhielte. Wie es wäre, wenn, kurzum, das Ruhrgebiet bundespolitisch mehr Beachtung erführe.

Gewissermaßen käme dem Ruhrgebiet mit dem Privileg, wie Hamburg, Berlin und Bremen/Bremerhaven den Status als Bundesland zu haben, eine Art strukturpolitischer Nachteilsausgleich für die wirtschaftlichen Verluste und mancherlei Geringschätzung nicht nur in der Vergangenheit zu (womit nicht verkannt sein soll, dass auch bei unvoreingenommener Betrachtung manches kritik- und einer modernen und großstädtischen Region dieser Größe geradezu unwürdig ist, das S-/U-Bahn-System beispielsweise). Für diese verwaltungsmäßig zersplitterte „Metropolregion“, die hinsichtlich ihrer Fläche und Einwohnerzahl (4435 km^2 mit 5,11 Millionen Einwohnern, Stand: 31.12.2017) in Deutschland allenfalls mit Berlin (891 km^2 mit 3,64 Millionen Einwohnern, Stand: 31.12.2018) verglichen werden kann, finden Ideen zur politischen Unterstützung des Ruhrgebiets, in dem es beispielsweise nicht eine einzige Bundesoberbehörde gibt, zumeist allenfalls verbalen Rückhalt auf Landes- und Bundesebene.

Gewiss, auch als Bundesland wäre das Ruhrgebiet mit elf kreisfreien Städten sowie zweiundvierzig Städten und Gemeinden in vier Landkreisen kleinteilig gegliedert (wohingegen Berlin bis auf Potsdam, Bernau und Falkensee alles in sein Stadtgebiet aufgenommen hat, was in der Region an Ortschaften vorhanden war). Und die im Falle einer Bundeslandgründung anstehende politische Auseinandersetzung über die Hauptstadtfrage wäre gewiss so reich an Strategien und Spielen der Macht, dass sie für jeden politischen Journalisten und manchen Komödianten ein Quell der Schaffensfreude wäre.

Vielleicht – wer entzöge sich schon gänzlich einer solchen Überlegung – gäbe die Perspektive der Gründung eines Bundeslandes aber auch den entscheidenden Impuls für den Zusammenschluss aller dreiundfünfzig Orte zwischen Lippe und Ruhr.

So oder so aber wäre das Ruhrgebiet auf Regierungsebene vereint, regierte sich selbst, hätte eine politische Einheit, die ihm derzeit nicht einmal auf der Ebene der in der Behördensprache so genannten Mittelbehörden zugestanden wird. Das Ruhrgebiet ist bekannterweise regierungsrechtlich in drei Teile getrennt und den Bezirksregierungen in Arnsberg, Düsseldorf und Münster unterstellt. Lediglich der einstige Siedlungsverband Ruhrkohlenbezirk, spätere Kommunalverband Ruhrgebiet und derzeitige Regionalverband Ruhr fungiert als politische Dachkonstruktion.

Man stelle sich vor, die für Köln zuständige Bezirksregierung residierte in Waldbröl! Oder Berlin wäre ein Regionalverband im Bundesland Brandenburg, die für Friedrichsfelde zuständigen Regierungsbeamt*innen gingen ihrer Arbeit in Frankfurt an der Oder nach, die für Charlottenburg in Potsdam und die für Reinickendorf in Neuruppin! Nicht auszumalen, zu welch malediktologischen Höchstleistungen sich das Berlinerische emporschwänge! Kaum vorzustellen auch, unter welch finanziellen Engpässen die Kulturstätten Berlins sowie sein Sozial- und Gesundheitswesen litten, in welchem Ausmaß Infrastrukturmaßnahmen einen nunmehr beinahe schon provinziell zu nennenden

Zuschnitt erführen. Und nicht zu ermessen, wie Frankfurt an der Oder und Neuruppin an Attraktivität, Steuereinnahmen und Selbstbewusstsein gewönnen.

Was also verlöre das Ruhrgebiet?
Was, wenn es ein eigenes Bundesland bildete, büßte es schon ein außer der rheinisch-westfälischen Bevormundung und einem angeknacksten Selbstbild?

Immerhin die manchmal leichtfertig genutzte Ausflucht, es läge an allen anderen, nur nicht an sich selbst, wenn etwas nicht gelingt oder einen Bogen um das Ruhrgebiet schlägt. Die Kosten für den Regierungsapparat, die Hinweisschilder an den Autobahnen und Straßen („Herzlich willkommen" bzw. „Auf Wiedersehen im Bundesland Ruhrgebiet!") und die Landesflaggen für öffentliche Gebäude wären haushälterisch (oder haushaltérisch, wie leitungserfahrene Kenner der Kameralistik in regierungsamtlichen Bureaus einen sprachlich feinen Unterschied pflegen mögen) seriös zu veranschlagen, gewiss – aber wer wollte in solchen Fragen schon den Kleingeist geben?

Was stünde dagegen auf der Haben-Seite?
Was gewönne das Ruhrgebiet, außer einem/einer Ministerpräsidenten/in samt einer kompletten Landesregierung?

Antworten auf diese Frage ließen sich auf so bedeutenden Politikfeldern wie der Wirtschafts-, der Verkehrs-, der Sozial- und der Gesundheitspolitik finden. Eine Prognose, dass die Sicherheits- und die Schulpolitik durch eine zusätzliche landespolitische Variante den Föderalismus nachhaltig bereicherten, nährte sicher eher die skeptischen Stimmen. Aber für die Kultur im Ruhrgebiet, an die ja beharrlich das Klischee der Provinzialität geklebt wird, hätte der Bundeslandstatus mutmaßlich manchen Vorzug, so zum Beispiel für das Theater. Nicht nur hinsichtlich der Anzahl ihrer Theater braucht die Theaterlandschaft Ruhrgebiet schon heute keinen Vergleich zu scheuen; die Theaterdichte in der Region liegt im europäischen Spitzenfeld.

Genauso wenig hinkt die Qualität so mancher Darbietung auf den Bühnen des Schauspiels, der Oper, des Musicals und des Balletts dem europäischen Standard hinterher. Und doch wissen zumeist nur Kenner um die Qualität der Ruhrbühnen. Insbesondere das Schauspielhaus Bochum, das Theater Dortmund, das Aalto-Theater Essen und das Musiktheater im Revier Gelsenkirchen haben mit zahlreichen Inszenierungen die Theatergeschichte bereichert. Als Stadttheater haben sie gegenüber anderen deutschen Bühnen jedoch ein Imagedefizit. Ein Staatstheater Ruhr erführe zweifelsohne eine höhere mediale Aufmerksamkeit, stünde womöglich auf einem kräftigeren finanziellen Fundament und trüge schlechterdings einen werbeträchtigeren Namen.

Natürlich dürfte eine Staatliche Theatersammlung nicht fehlen. All die Regiebücher und Figurinen, die Programmhefte und Kritiken zu den im Ruhrgebiet entstandenen Bühnenwerken von Saladin Schmitt und Peter Zadek, Reinhild Hoffmann und Heiner Müller, John Dew und Xin Peng Wang, das Material zu den Freien Theatern wie beispielsweise dem Theater Kohlenpott, dem Prinz-Regent-Theater oder dem Theater Freudenhaus – all das wäre eine anregende Basis für eine Arbeit an der Theatergeschichte des Ruhrgebiets und über die künstlerischen und gesellschaftlichen Impulse, die von den Bühnen im Ruhrgebiet ausgegangen sind.

Auch mit Blick auf die Literatur und die bildenden Künste böten sich erweiterte Möglichkeiten, das Kulturgebiet an Emscher, Lippe und Ruhr national wie international prominenter in Szene zu setzen. Eine Staatsbibliothek Ruhr etwa, der sich ein Staatliches Literaturarchiv anschlösse, könnte erstmalig das gesamte Feld der Literatur im Ruhrgebiet von Gerhard Tersteegen bis Reinhard Döhl, von Carl Arnold Kortum bis Ralf Rothmann, von der Gruppe 61 bis zur Poetry-Slam-Szene im Ruhrgebiet zentral sammeln und präsentieren. Literaturwissenschaftler wie Kulturjournalisten bräuchten nicht mehr zwischen dem Westfälischen Literaturarchiv in Münster, dem Heinrich-Heine-Institut in Düsseldorf und dem Fritz-Hüser-Institut in Dortmund zu pendeln, um die Nachlässe prägender Autor*innen der Literatur im Ruhrgebiet zu sichten.

Selbstredend profitierten auch die anderen Künste im Ruhrgebiet vom Bundeslandstatus ihrer Region – Malerei, Graphik und Photographie zum Beispiel. Eine Staatliche Pinakothek des Ruhrgebiets gäbe nicht nur dem Kunstmarkt neue Impulse (es müsste ja eine solche Sammlung großenteils erst zusammengetragen werden), sondern zeichnete sich auch durch unverwechselbare Sammlungsschwerpunkte aus. Sie böte Gelegenheiten, die Kunst als Medium der Reflexion kontinuierlicher Wandlungen zu erforschen oder den Einfluss der Technik auf die bildende Kunst und dergleichen mehr. Alteritäten und Traditionen ließen sich untersuchen, ganze Werkkosmoi von Conrad von Soest und Josef Albers etwa oder von Heinrich Hauser und Horst Dieter Gölzenleuchter erschließen und sich im Blick auf biographische, thematische oder infrastrukturelle Bezüge zum Ruhrgebiet interpretieren.

Und dann die Musik! Zahlreich sind die Konzerthäuser und Orchester im Ruhrgebiet. Doch sind die Spielstätten ruhmreicher als manch gewiss vorzüglicher Klangkörper. Welch ungleich höhere Resonanz erführe dahingegen doch eine Staatskapelle Ruhr! Womöglich konzertierte sich ein unter einer solchen Flagge segelndes Konzertorchester auf einen Spitzenplatz der öffentlichen Wertschätzung.

Nicht zu vergessen bei all diesen Imaginationen wäre der Ruhrdeutsche Rundfunk (RDR)! Eine ruhrgebietseigene Sendeanstalt produzierte TV- und Hörfunkprogramme, die tagtäglich über alles berichteten, was sich an Lippe, Emscher und Ruhr an Mitteilenswertem ereignete. Es entfaltete sich in der Folge eine Sogwirkung für die Kreativ- und Medienwirtschaft. Veranstaltungen aller Art stünden nicht länger unter dem Vorzeichen einer Berichterstattung aus dem rheinischen Blickwinkel, sondern erhielten eine verlässlichere Resonanz auf regionaler und überregionaler Ebene.

Wer weiß, womöglich erführe das Ruhrdeutsche eine Aufwertung und bekäme den Rang einer zweiten Behördensprache neben dem Standarddeutschen; es würde nur noch im sprachhistorischen Rückblick mit einem negativen Prestige behaftet gewesen sein.

Wie gesagt:
Niemand hat die Absicht, ein neues Bundesland zu gründen, aber: Imagine there's no Arnsberg, no Düsseldorf. Imagine there's no Münster …

Sarah Meyer-Dietrich
Die Würde des Menschen

Ich stehe in der Hochbahn.
Blicke durch den Glasboden der Bahn hinab. Auf Häuser, Straßen, Bäume. Spüre das Grummeln in den Eingeweiden. Den kalten Schweiß auf den Handflächen. Nicht wegen der Höhe. Nein. Die Höhe ist mir egal. Aber es ist wieder diese Zeit im Jahr. Januar. Monat der Empathie. Ich bin nervös. Ach was, nervös ist kein Ausdruck. Ich hab eine Scheißangst. Davor, was mich erwartet. Alles, was ich weiß, sind ein Name und eine Adresse. Vom Ministerium für Mitgefühl und Menschlichkeit per Einschreiben zugestellt. Lara Gehrken, Gelsenkirchener Straße 181 d, Wohneinheit 317, 45309 Essen. Und ein Türcode. Das ist alles.

Ich hatte vor der Abfahrt keine Zeit zu recherchieren. Sobald das Einschreiben vom Ministerium eintrifft, muss man sich auf den Weg machen. So will es die Verordnung. Mein Ziehkoffer war schon gepackt. Klar. War ja keine Überraschung, dass das Einschreiben kam. Wie jedes Jahr am ersten Januar.

Die Fahrt von Lünen nach Essen dauert zwanzig Minuten. Ich hätte unterwegs versuchen können, per Suchmaschine etwas über Lara Gehrken, die ich aller Voraussicht nach nie kennenlernen werde, herauszufinden. Über sie oder über die Gegend, in der sie lebt. Aber würde das helfen gegen die Angst?

Ob die anderen auch Angst haben? Ich mustere die Mitfahrenden. Den Mann im Anzug. Das Mädchen mit den Kopfhörern. Die Frau mit dem Baby im Tragetuch. Sie alle sind unterwegs in ein unbekanntes Leben. Sie alle haben mit Sicherheit Einschreiben vom Ministerium bekommen. Nur ganz wenige bleiben jedes Jahr außen vor. Eine Notbesetzung an medizinischem Fachpersonal, Polizisten, Mitarbeitern der B-17-Bahnbetriebe. Weil sonst das Bundesland einen Monat lang ins Chaos stürzen würde. Ich hätte Krankenpfleger werden sollen, denke ich jetzt, oder Polizist, vielleicht Stellwerksleiter. Dann bliebe jedes Jahr eine kleine Chance, als unabkömmlich eingestuft zu werden, am ersten Januar kein Einschreiben zu bekommen, nicht meinen Koffer schnappen und losfahren zu müssen. Ins Unbekannte.

Ich blicke aus der Hochbahn auf das Bundesland 17. B 17, denke ich. Die nackte amtliche Bezeichnung, die jede Streiterei um andere Namen überflüssig gemacht hat, wie mein Vater nicht müde wurde zu betonen. Ich erinnere mich an keine Streitereien um Namen. Ich war achtzehn, als B 17 gegründet wurde. Damals hat mich nicht geschert, ob die Region, in der ich wohne, Ruhrgebiet heißt oder Ruhrstadt oder Metropole Ruhr. B 17, hat mein Vater gesagt, nicht mehr und nicht weniger, ein ehrlicher Name, damit können sich die Menschen besser identifizieren als mit blumigen Umschreibungen wie „die andere Metropole“ oder „Stadt der Städte“. Jahre der Marktforschung und Imagebildung umsonst, hat mein Vater gesagt. Die Kohle hätte man von vornherein in sinnvollere Maßnahmen stecken können.

Vielleicht sollte ich meinen Vater anrufen. Ihm sagen: Du hast recht gehabt. Am Ende sind die Inhalte entscheidend. Nicht der passende Name. Die Menschen identifizieren sich mit B 17. Aber ich kann nicht anrufen. Kann nicht so tun, als gäbe es die Jahre des Schweigens nicht. Kann nicht da weitermachen, wo wir aufgehört haben. Nicht weitermachen, als wäre nichts gewesen. Denn wenn nichts gewesen wäre, dann wäre da nicht meine verdammte Angst. Nicht das Grummeln in den Eingeweiden. Dann wären da nicht die schweißnassen Hände. Außerdem: Auch mein Vater ist gerade unterwegs ins Ungewisse. Auch er wird ein Einschreiben erhalten haben. Auch vor ihm als Oberbürgermeister macht der Monat der Empathie nicht halt. Alle Menschen sind frei und gleich an Würde und Rechten geboren. Keine Region in Deutschland nimmt die Menschenrechte so ernst wie B 17. Das war eines der vielen Versprechen, mit denen mein Vater damals den Wahlkampf bestritten hat. Ich hätte beeindruckt sein müssen, dass er das nach der Wahl knallhart durchgezogen hat. Aber wie hätte ich beeindruckt sein können? Nach allem, was ich durchmachen musste.

Ich lehne die Stirn an die Bahnfensterscheibe. Schließe die Augen. Atme tief durch. Du brauchst keine Angst zu haben, sage ich mir. Nicht heute, zehn Jahre nach Einführung des Monats der Empathie. Denn längst hat der Monat seine Wirkung entfaltet. Aber der Angst ist es scheißegal, was ich sage. Weißt du noch, flüstert sie. Natürlich weiß ich noch. Aber ich will nicht daran denken. Ich öffne die Augen wieder. Durch den Glasboden der Bahn sehe ich jetzt hinunter auf das Fördergerüst der Zeche Zollverein. Eines der Wahrzeichen von B 17. Wer hätte gedacht, dass die Bergbaufolklore sich so hartnäckig hält? Auch Jahre, nachdem die letzte Zeche hier dichtgemacht hat.

Die Bahn steht. Die Türen öffnen sich.
„Sie haben Ihre Zielstation erreicht“, ertönt die Stimme aus meinem Headset. „Bitte steigen Sie aus.“ Und es hilft gar nichts, dass ich lieber in der Bahn bleiben würde. Die Stimme im Headset ignorieren. An der Endhaltestelle umkehren und zurück in mein eigenes Leben fahren. Mein Leben ist für den Januar bereits besetzt. Von einem Menschen, den ich aller Wahrscheinlichkeit nach nie kennenlernen werde. Einem Menschen, der heute ein Einschreiben vom Ministerium bekommen hat, in dem nur eine Adresse

und ein Name stehen. Lünen, Panschelweg 5, erster Stock, Mats Vandermijne. Erst in meinem kleinen Apartment angekommen, wird er oder sie mehr erfahren. Dort habe ich den Fragebogen des Ministeriums hinterlegt. So will es die Vorschrift. Den Fragebogen, aus dem hervorgeht, dass Mats Vandermijne allein lebt, keine Kinder, kein Partner, kein Haustier. Und dass er im Supermarkt um die Ecke arbeitet. Eine großartige Karriere, denke ich. Mats Vandermijnes Eltern können stolz auf ihn sein.

Mats Vandermijne steigt aus der Bahn, denke ich. Er steigt aus der Bahn und läuft den Bahnsteig entlang. Folgt den Anweisungen der elektronischen Stimme aus seinem Headset. Mats Vandermijne fährt die Rolltreppe vom Bahnsteig hinab und läuft auf das Fördergerüst zu. Manchmal hilft das gegen die Angst. So tun, als könnte ich mich selbst von außen betrachten. Als könnte ich meinen Körper verlassen und Abstand von mir nehmen. Das bin nicht ich, der da ins Ungewisse läuft. Das ist Mats Vandermijne.

„Sie haben Ihr Ziel erreicht", meldet die Stimme aus dem Headset. Eine Recherche zur Adresse hätte mir vermutlich schon im Vorfeld die Einsicht gebracht, dass ich den Monat der Empathie in einer Zechensiedlung verbringe. Keine Siedlung wie Eisenheim. Nein, keine dieser Siedlungen, die für Arbeiter gebaut wurden. Sondern eine von denen, die in den letzten Jahren entstanden sind, um die Wohnungsnot in B 17 zu reduzieren. Eine geniale Idee meines Vaters. Wenn wir schon diese ganzen verwaisten Bergwerke haben, hat er gesagt, dann können wir den Platz unter Tage auch sinnvoll nutzen, um bezahlbaren Wohnraum zu schaffen. Ich hab ihn das nicht persönlich sagen hören. Zu dem Zeitpunkt hab ich schon kein Wort mehr mit ihm gewechselt. Er hat es in irgendeiner Talkshow gesagt. In vielen Talkshows wahrscheinlich. Mein Vater. Die Galionsfigur von B 17. Natürlich hat er sich dabei auf die Menschenrechte berufen. Jeder Mensch hat das Recht auf einen Lebensstandard, der Gesundheit und Wohl für sich selbst und die eigene Familie gewährleistet, einschließlich Nahrung, Kleidung, Wohnung, ärztlicher Versorgung und notwendiger sozialer Leistungen, sowie das Recht auf Sicherheit im Falle von Arbeitslosigkeit, Krankheit, Invalidität oder Verwitwung, im Alter sowie bei anderweitigem Verlust der eigenen Unterhaltsmittel durch unverschuldete Umstände, sage ich im Kopf auf, während der Förderkorb in die Tiefe fährt. Ich kann jede Präambel der Menschenrechte auswendig runterrattern.

Dann stehe ich vor Wohneinheit 317.
Ob Lara Gehrken Familie hat und mich andere Menschen hinter dieser Tür erwarten? Ich muss den Türcode dreimal eingeben. So sehr zittern meine Hände. Reiß dich zusammen, Mats, denke ich. Reiß dich verdammt noch mal zusammen. Es wird schon nichts Schlimmes passieren. Es ist auch in den letzten Jahren nichts Schlimmes passiert.

Die Tür öffnet sich. Ich betrete fremdes Terrain. Eine fremde Wohnung. Ich muss an meine Mutter denken. Meine Mutter, die mir diesen Spruch ins Poesiealbum geschrieben hat, als ich noch Kind war. Ein indianisches Gebet. Großer Geist, hilf mir, dass ich niemanden richte, ehe ich nicht einen halben Mond lang in seinen Mokassins gegangen bin. Einen halben Mond lang. Warum muss es bei uns ein ganzer Mond sein? Warum hat meine Mutter nicht einen Spruch wie andere Mütter in das Poesiealbum geschrieben? Rosen, Tulpen, Nelken, alle Blumen welken, nur die eine, die welkt nicht, und sie heißt Vergissmeinnicht. Ob meine Mutter glaubt, dass ich sie vergessen habe? Meine Mutter ist die typische First Lady. Immer an der Seite meines

Vaters. Immer nett lächelnd. Da ist diese Wut, wenn ich an meine Mutter denke. Das ist unfair, ich weiß. Ich bin keinen halben Mond lang in ihren Mokassins gelaufen. Nicht einmal einen Viertelmond lang. Welches Recht habe ich, über meine Mutter zu urteilen? Jeder Mensch hat das Recht auf Meinungsfreiheit und freie Meinungsäußerung; dieses Recht schließt die Freiheit ein, Meinungen ungehindert anzuhängen sowie über Medien jeder Art und ohne Rücksicht auf Grenzen Informationen und Gedankengut zu suchen, zu empfangen und zu verbreiten.

„Hi, willkommen", sagt jemand.
Ich schrecke zusammen.

„Sorry, wollte dich nicht erschrecken", sagt ein Typ, der in den Flur getreten ist.

Mittelgroß. Mit dem werde ich fertig, denke ich. Falls er allein ist. Aber mein Herz schlägt trotzdem wie wild.

„Ich bin Kevin", sagt der Typ und hält mir seine Hand hin.

Ich reibe meine schnell am Anorak ab. Halte sie ihm dann hin. „Mats", sage ich. „Für wen bist du da?"

„Jan Gehrken. Und du?"

„Lara Gehrken", sage ich. „Ehepaar?"

Er nickt. Hat die Personeninformationen vor Ort wohl schon gelesen.

„Keine Kinder?", frage ich.

Kevin nickt. „Nur eine Katze."

„Ein Hund wäre mir lieber", sage ich.

„Der Monat der Empathie ist halt kein Wunschkonzert", sagt Kevin.

Als ob ich das nicht wüsste, denke ich.

„Lara arbeitet als Lehrerin", sagt Kevin. „Jan macht irgendwas mit IT."

Lehrer. Ich atme auf. Lehrer kriege ich hin.

Ich laufe hinter Kevin her in den Wohnraum. Stelle meinen Koffer in die Ecke. Schaue mich um. Eine typische Zweipersonen-Zechensiedlungswohnung. Ein Raum mit Küchen-Essecke, Couch, Bett. Durch die falschen Fenster dringt falsches Tageslicht. Aus dieser Wohnung ist nichts abzulesen über die Bewohner. Hier könnte ein Arbeitsloser genauso wohnen wie der Oberbürgermeister von B 17 persönlich. Alle Menschen sind frei und gleich an Würde und Rechten geboren.

„Ich schlaf aber nicht mit dir in einem Bett“, sage ich und werfe Kevin einen Seitenblick zu. Die Wahrheit ist: Ich werde nach Möglichkeit überhaupt nicht schlafen. Zumindest die ersten zwei oder drei Nächte. Bis ich sicher bin, dass Kevin nicht nachts zum Monster wird.

Er lacht. „Keine Sorge. Kannst gern auf der Couch pennen. Willst du auch was trinken?“

Ich nicke.

Dann sitzen wir zusammen am Tisch, an dem wahrscheinlich noch an diesem Morgen Lara und Jan Gehrken gesessen haben. Trinken aus ihren Gläsern Mineralwasser, das sie gekauft haben.

„Was war deine extremste Erfahrung im Monat der Empathie?“, frage ich.

„Alleinerziehende Mutter von zwei Kindern“, sagt Kevin. „Eigentlich von dreien. Aber der Jüngste war noch ein Säugling. Der ist natürlich mit der Mutter mit.“

„Klar“, sage ich.

„Danach hab ich jede Petition auf mehr Betreuungsangebote für Kinder sofort unterzeichnet.“ Er lacht.

Ich entspanne mich ein wenig. Immerhin war Kevin alleinerziehende Mutter. Schätze, dem kann ich vertrauen.

„Und deine krasseste Erfahrung?“, fragt er jetzt.

Ich fühle, wie mein Mund trocken wird. Dabei hätte ich mit der Rückfrage rechnen müssen. Ich nehme einen Schluck Wasser.

„Obdachlos“, sage ich. Meine Stimme klingt lächerlich piepsig.

„Wow“, sagt Kevin. Die dunklen Augen nachdenklich auf mich gerichtet. „Obdachlosigkeit gibt es doch gar nicht mehr.“

„Das war im ersten Jahr“, sage ich.

„Wow“, sagt Kevin noch mal. „Du gehörst also zu den Pionieren?“

Ich nicke. Kevin sagt das, als wäre es eine Auszeichnung. Aber stolz bin ich nicht.

„Gab's damals überhaupt schon Maßnahmen gegen Obdachlosigkeit?“, erkundigt sich Kevin.

„Wenige“, sage ich heiser. „Eben das, was es vor B 17 schon gegeben hat. Notschlafstellen und so.“

Und sofort hab ich die Notschlafstelle wieder vor Augen. Hab den Geruch wieder in der Nase. Weiß noch genau, wie furchtbar ich es da fand. Mit Fremden das Zimmer teilen. Die Dusche. Das Klo. Angst um mein Zeug haben. Das neue iPhone, das ich gerade erst zu Weihnachten bekommen hatte, und der ganze Scheiß, der mir damals noch so viel bedeutet hat. Ich hätte in der Notschlafstelle bleiben sollen, denke ich. Wie schon so oft in den letzten Jahren.

„Ach scheiße“, sagt Kevin plötzlich. „Jetzt erkenn ich dich erst. Du bist Mats Vandermijne! Krass!“

Ich beiße mir auf die Lippen. Es ist neun Jahre her, dass mein Gesicht dauernd im örtlichen Fernsehen und den hiesigen Zeitungen zu sehen war. Neun Jahre. Ich sehe anders aus heute. Älter geworden, klar. Trag meine Haare bewusst anders. Aber manchmal erkennt mich noch heute jemand.

„War das nicht krass?", sagt Kevin, „dass dein Vater dich damals ausgesucht hat als einen der wenigen, die beim ersten Monat der Empathie mitgemacht haben?"

Ich zucke mit den Schultern. Mein Vater. Pieter Vandermijne. Ja, krass war es, denke ich. Erinnere mich noch sehr gut an die Pressekonferenz kurz nach der Wahl. Wie mein Vater verkündet hat, dass er selbst zu den paar Hundert Ausgewählten gehört, die einen Monat lang ihr Leben mit anderen tauschen. Und weil er unbedingt zeigen wollte, was für ein guter Oberbürgermeister er ist, hat er gleich auch noch seinen Sohn ans Messer geliefert. Wie Scheißabraham. Ich hab bei der Konferenz neben ihm gestanden. Hab keine Ahnung gehabt, was er plant. Hab gedacht, ich halte bloß mal wieder meine Fresse in die Kamera, damit alle sehen, was für ein Familienmensch mein Alter ist. Die Familie ist die natürliche Grundeinheit der Gesellschaft und hat Anspruch auf Schutz durch Gesellschaft und Staat. Und dann das. Ausgerechnet mit einem Obdachlosen hab ich getauscht. Damals hat noch nicht das Los entschieden. Damals hat mein Vater entschieden. Mein Vater, der wahrscheinlich gedacht hat, seine tolle Erziehung hätte mich auf alles vorbereitet.

„Ich war nicht vorbereitet", sage ich leise. Blicke auf das Glas Wasser in meinen Händen und denke: Wie hätte ich auch vorbereitet sein sollen? Wie soll man sich vorbereiten für ein Leben auf Platte? Das ist kein Urlaub, für den man sorgfältig packt. Da landet man, ohne dass man es gewollt hat. Und dann bist du da und musst wählen. Notschlafstelle? Straße? Ich hätte in der Notschlafstelle bleiben sollen. Dann hätten sie mir eben mein iPhone geklaut. Wäre doch scheißegal gewesen.

Nein. Ich war nicht vorbereitet. Nicht auf die Kälte. Nicht auf die Ignoranz der einen Passanten und nicht auf die

Verachtung der anderen. Nicht auf den Hunger. Ich hatte keine Ahnung, wie es ist, obdachlos zu sein.

Kevin starrt mich erwartungsvoll an.

Also sage ich schnell: „Damals hatten Obdachlose noch kaum eine Lobby. Wenn in der Politik drüber diskutiert wurde, ging es nie um die Menschen. Immer nur darum, was Maßnahmen kosten. Man wollte die Obdachlosen nicht. Die Penner. Die wild pinkeln in der Fußgängerzone und das Stadtbild versauen. Aber man war eben auch nicht bereit, sich wirklich um die Menschen dahinter zu kümmern."

„Bis Pieter Vandermijne kam", sagt Kevin. „Krasser Typ, dein Vater. Der und seine Monate der Empathie haben alles geändert."

„Mein Vater", schnaube ich und spüre die alte Wut. „Der hat doch selbst nicht geahnt, was er mit den Monaten der Empathie lostreten würde. Um wirklich was zu tun, hat der doch den Druck der Bevölkerung im Nacken gebraucht."

„Du meinst die Montage für Mitgefühl?", fragt Kevin.

Ich nicke. Denke daran, wie ich ein halbes Jahr nach dem ersten Monat der Empathie jeden verdammten Montag auf die Straße gegangen bin. Erst waren wir nur wenige. Eine Handvoll Aktivisten, die Leute angequatscht haben. Weißt du, was es heißt, obdachlos zu sein, haben wir gesagt. Wie oft hab ich dann zu hören bekommen, dass in Deutschland doch wirklich keiner obdachlos sein muss. Dass wir doch ein Sozialstaat sind und blah, blah, blah. Ich hab versucht zu erklären, dass es schwer ist, von der Straße wegzukommen, wenn man süchtig ist. Wenn man depressiv ist. Oder keine Hoffnung mehr hat. Ich war selbst süchtig, habe ich gesagt. Natürlich habe ich nicht gesagt, dass es der Monat der Empathie war, der mich so fertiggemacht hat, dass ich danach eine Weile nicht ohne Alkohol einschlafen konnte.

Und auch nicht, dass ich noch immer an der Flasche gehangen hätte, wenn mein Vater nicht seine Kontakte spielen lassen und mir einen Therapieplatz besorgt hätte. Einen Therapieplatz, den ich, der ich nicht bereit war, auch nur ein Wort mehr mit meinem Vater zu sprechen, angenommen habe. Schon allein deshalb, weil ich nicht wusste, wohin. Zu Hause hätte ich es nicht ertragen. Auf der Straße wäre ich gestorben vor Angst. Ich hab den Platz angenommen und mich dafür gehasst. Weil ich gewusst habe, dass ich einem anderen den Platz wegnehme. Jemandem, der vielleicht schon viel länger darauf wartet als der verdammte Sohn des verdammten Oberbürgermeisters. Hab mich gehasst und meinen Vater dazu, weil all das gezeigt hat, dass wir eben doch nicht alle gleich sind. Nicht gleich waren jedenfalls. Damals. Und dann meine Mutter. Die immer bloß neben meinem Vater gestanden und nie ein Widerwort gegeben hat. Nicht bei der Pressekonferenz. Und auch nicht später, als ich nach dem ersten Monat der Empathie wieder zu Hause war für eine Weile und mein Vater sagte: Irgendwann, Mats, wirst du sehen, dass das, was dir passiert ist, auch was Gutes an sich hatte. Ich erinnere mich, wie ich nach dem Entzug anfing, auf die Straße zu gehen. Ich musste was tun. Was hab ich mir den Mund fusselig geredet. Die wenigsten haben zugehört. Aber wir wurden jeden Montag mehr. Bis man uns nicht mehr ignorieren konnte. Montage für Menschlichkeit. Der Name war nicht unsere Idee. Kam von der Presse. In Anlehnung an die Fridays for Future. Klar. Ich war so was wie die Greta Thunberg der Menschlichkeitsbewegung. Ohne Zöpfe. Aber mit genauso viel Wut.

„Jetzt mal ehrlich", sagt Kevin, „ich dachte immer, die Montage für Menschlichkeit wären auch auf dem Mist deines Vaters gewachsen. Ich war mir sicher, dass der die inszeniert hat, damit er die Monate der Empathie flächendeckend einführen konnte."

Ich schüttle den Kopf.

„Krasser Typ, dein Vater", sagt Kevin, „hat mich mit seiner Politik dazu gebracht, meine große Wohnung im Bochumer Süden für 'n Appel und 'n Ei ans Land zu verkaufen. Du hättest die Wohnung sehen sollen. Ein Traum." Er lacht und schüttelt den Kopf. „Ist zu einer Sozialwohnung umfunktioniert worden. Hätte mir das vor zehn Jahren jemand gesagt, dem hätte ich einen Vogel gezeigt."

Und ich weiß ja, dass Kevin recht hat. Mein Vater. Der Idealist. Mit den Monaten für Empathie hat er das Ruder rumgerissen. Hat es geschafft, dass die Leute im B 17 wirklich anfingen, über das Leben der anderen nachzudenken. Einen Mond lang in deren verdammten Mokassins zu laufen. All die Maßnahmen seitdem. Die Schaffung von neuem Wohnraum. Wie hier die Zechensiedlung unter Tage. Wie die mobilen Eigenheime in Form von Wohnmobilfahrrädern. Die vielen Entzugsprogramme und Therapieangebote. All das hätte es wahrscheinlich nie gegeben ohne die Monate der Empathie. Ohne die Montage für Menschlichkeit.

Scheißmokassins, denke ich. Ich hab nicht einmal mehr Schuhe gehabt, nachdem die mit mir fertig waren. Dieser Typ, der mich auf der Straße aufgesammelt hat. Und seine Freunde. Kannst bei mir pennen, hat er gesagt. Und ich war so dankbar für ein Dach überm Kopf. Fünf Tage lang haben die mich aufgemischt. Fünf Tage lang hab ich versucht, mir Mats Vandermijne von außen anzugucken. Die arme Sau, hab ich gedacht. Was die mit dem machen. Der hat doch einen Schaden fürs Leben weg.

Und als es ganz schlimm wurde, hab ich mir die Präambeln aus den Menschenrechten vorgesagt. Jeder Mensch hat das Recht auf Leben, Freiheit und Sicherheit der Person. Niemand darf der Folter oder grausamer, unmenschlicher oder erniedrigender Behandlung oder Strafe unterworfen werden. Die Würde des Menschen ist unantastbar. Die Würde des Menschen ist unantastbar. Die Würde des Menschen ist unantastbar. Natürlich hat man die Typen gepackt. Natürlich hat mein Vater auch da seine Kontakte spielen lassen. Natürlich war er schockiert über das, was mir passiert ist. Das iPhone, die Schuhe, die Zähne. Das konnte er mir alles ersetzen. Nur die Scheißwürde, die konnte er mir nicht einfach nachkaufen.

Und doch: Die Monate der Empathie haben dazu geführt, dass es keinem Menschen in B 17 mehr so ergehen muss, wie es mir ergangen ist. Ohne die Monate der Empathie wäre ich nie auf die Straße gegangen. Hätte mich niemals eingesetzt gegen Obdachlosigkeit.

„Krasser Typ, dein Vater", sagt Kevin noch mal und gießt mir Wasser nach.

Ich hebe mein Glas. „Ein Hoch auf die Empathie."

Werner Boschmann
2033

Die Rathausschänke war proppenvoll

Alle waren da. Verwandte, Freunde, gute Bekannte. Die Legenden meiner Partei: Melli, Ernst Holtkämper, Gerti Zuber-Wambel. Mats Vandermijne, Sohn unseres ehemaligen Ministerpräsidenten. Der Jost war aus Dortmund gekommen, der Lothar von nebenan aus Vonderort. Der Peter war schon vor zwei Tagen aus Sankt Peter-Ording angereist und hatte sich im Hotel am Bahnhof einquartiert.

Unser Oberbürgermeister war nicht gekommen. Obwohl – das weiß ich genau – ihm das Standesamt immer Bescheid sagt und der sonst jeden Bottroper an seinem 90. Geburtstag besucht. Weil der nicht kam, war natürlich auch die Bottroper Presse nicht da. – Sei's drum. Eben kein Foto in der WAZ. Das hat meine Stimmung kaum getrübt an diesem 27. Februar 2033.

Wir haben nicht nur über das Gestern gesprochen, sondern auch darüber, was wohl die Zukunft bringen wird. Über die Chancen der Partei bei der Landtagswahl am 5. März. Und ob die ganz, ganz große Koalition die Wahl wieder für ungültig erklären wird, wenn ihnen das Ergebnis nicht passt. Ich weiß noch genau, wie Melli sagte: „Dann gehen wir in den Untergrund und werden …" – Da gab es diesen schrecklichen Knall.

Das Rathaus gegenüber brannte …

… lichterloh, von einer Sekunde auf die andere. Wir sprangen auf, starrten durch die Fenster, waren wie benommen. Für Minuten. Hörten Sirenen. Als plötzlich die Tür aufgerissen wurde und zehn, zwölf, vielleicht fünfzehn Muskelmänner reinstürmten, mit Knüppeln in der Hand. Einer schrie: „Kommunaler Ordnungsdienst. Ihr seid alle verhaftet." Einer, der aussah wie ein Skinhead, kam auf mich zu, und dann ging bei mir das Licht aus.

Mein Licht ging wieder an …

… als mir jemand den Kopf tätschelte. Es war der Skinhead, der mein Licht ausgemacht hatte. Dass er Peter heißt, drei Kinder und eine Frau zu ernähren hat und nur deshalb dem KOD beigetreten ist, das alles habe ich erst erfahren, nachdem er zum „Polit-Oppa", wie er mich immer nennt, Vertrauen gefasst hatte. Peter ist ein netter Karl, weshalb er wohl morgen als „mein Zuständiger" abgelöst wird.

Acht Quadratmeter, Klo, Stuhl, Tisch, Bett, Eisentür mit Guckloch, Dauerbeleuchtung, kein Fenster, keine Bücher, ein Fernseher, auf dem nur SPD-TV läuft. Irgendeine Art von Knast also. Aber wo? – Das erfuhr ich am zweiten Tag meines Aufenthaltes.

Peter kam rein, winkte mir freundlich zu, und es ging durch einen bestimmt 50 Meter langen, hell erleuchteten Gang. Zelle neben Zelle. Eine Tür stand offen.

„Sie haben sich schwerer Verbrechen schuldig gemacht. Hochverrat in Tateinheit mit aufrührerischer Brandstiftung und mehr. Dementsprechend haben Sie und Ihre Mittäter mit einer schweren Strafe zu rechnen. Wir können auf Ihr Alter keine Rücksicht nehmen."

Sie waren zu dritt, mittelalt, manikürt und frisch frisiert, trugen Anzüge, wie ich sie sonst bei Immobilienmaklern gesehen hatte, waren wie diese höflich, aber bestimmt.

„Wenn Sie uns Informationen über Ihr Netzwerk geben, dann erhalten Sie hier in der Mark Erleichterungen."

In der Zwischenzeit …

… habe ich natürlich einiges erfahren, zwischen den Zellen sozusagen. Auch wenn die aufgepasst haben wie der Deuwel auf die armen Seelen.

Die anderen und ich, wir hocken in der Welheimer Mark, in einer alten Kokerei, die man umgebaut hat. – Ja, wozu denn eigentlich? Einem Abschiebelager? Einem Gefängnis? Einem Todestrakt für Politische? Da sind wir uns nicht einig, und ich werde es auch nicht mehr erfahren.

In der Zwischenzeit ist unsere Partei verboten worden. Und all meine geliebten Bücher hat das Pack entsorgt. Im Müllheizkraftwerk Karnap. Nebenan. Manchmal glaubte ich, dass ich sie riechen konnte, als sie brannten.

All die von uns, die nicht hier sind, gingen ins Ausland oder sind abgetaucht. Irgendwo. Auf jeden Fall nicht im Bundesland 17, auf das wir so lange gewartet hatten. Wie sagte Joachim damals noch: „Imagine there's no Arnsberg, no Düsseldorf. Imagine there's no Münster …" Und wie schrieb Melli bei unserer Bewerbung: „Von dem aus innovative Ideen in die ganze Welt getragen werden könnten."

All die eitlen Politiker, die eiskalten Bürokraten, die allgegenwärtigen Pöstchenjäger, die spießigen Spaßmacher. Sie haben dieses wunderbare Stückchen Erde nie verstanden. Nutzen es als Trittbrett, wenn es ihnen einen Vorteil bringt. Hassen es, nur einer von hier zu sein. Aber sie haben uns besiegt, und für mich bleibt nichts mehr zu tun.

Peter kommt gleich …

… und er bringt was mit. In einem klitzekleinen Becher, nicht halb so groß wie ein Fingerhut. Ich werde exakt eine Woche warten. Bis zum 2. Oktober 2033. Bis zu unserem Feiertag. Damit kein Verdacht auf meinen Freund fällt. Der auch was mitnimmt. – Das hier.

Ruhrpott, Ruhrpott! Na dann, prost!

René Schiering

Von Grenzen. Auf Papier und im Kopf

RUHRGEBIET

Komm bei Udo 2 …
Montag, der 5. März 2040, 6.30 Uhr. Der Handywecker schellt. Jetzt geht es also doch wieder los … Heute ist mein erster Arbeitstag bei meinem neuen Schreibprojekt fürs Fernsehen in Köln. Dass ich mich von einem befristeten Beschäftigungsverhältnis ins nächste hangele, ist für die Medienbranche nichts Außergewöhnliches. Aber ich hatte eigentlich gehofft, dass dieses Scheiß-Pendeln irgendwann mal ein Ende hat.

Mein Arbeitsweg startet an der Essener Straße in Gelsenkirchen-Horst. Der Fußmarsch zu meiner Haltestelle „Fischerstraße" dauert keine drei Minuten. Auf halber Strecke komme ich an der Trinkhalle „Komm bei Udo 2" vorbei, wo bereits seit 5.30 Uhr morgens reger Betrieb herrscht. In kurzen Abständen halten hier Kombis, Kleinbusse und Bullis, müde Handwerker decken sich mit Zigaretten, Kaffee und frisch belegten Brötchen ein und eilen schnell weiter zu ihrer Baustelle. In weniger als dreißig Minuten sollten sie an der Schüppe sein. Bei mir läuft das Ganze ein bisschen anders, und das nicht nur, weil ich Bus und Bahn fahre.

Grenzgebiet …
Während ich auf dem Bahnsteig auf die U11 in Richtung Messe West-Süd/Gruga warte und mein Blick zufällig am Fahrkartenautomaten kleben bleibt, erinnere ich mich, dass meine Strecke durchs Ruhrgebiet früher das komplizierteste an meinem Arbeitsweg war. Denn streng genommen ist das hier ein Grenzgebiet. Keine 300 Meter weiter die Straße rauf endet Gelsenkirchen, und Essen fängt an. Wenn ich bei der Fahrt nach links aus dem Fenster schaue, kann ich noch immer den kleinen Wendebahnhof in Karnap sehen, der vor Urzeiten das Ende der Essener Stadtbahnlinie markierte. Hier drehte die Bahn früher um und fuhr zurück

nach Essen. Die Städte gingen im Laufe der Zeit Schritt für Schritt aufeinander zu. Es geht die Mär, dass man erst, als man an der Grenze aufeinandertraf, merkte, dass die beiden Verkehrsbetriebe unterschiedliche Spurbreiten benutzten.

Selbst nach der Eröffnung der direkten Stadtbahnverbindung von Gelsenkirchen nach Essen im Jahre 2001[1] war die Stadtgrenze im Tarifzonensystem noch spürbar. Meine Haltestelle war noch im Gebiet der BOGESTRA, auf dem Weg zur nächsten Haltestelle „Alte Landstraße" überquerte ich aber die Grenze ins EVAG-Gebiet. Das machte mein Ticket deutlich teurer: Statt 2,90 Euro für ein Einzelticket Preisstufe A (Stadtgebiet) zahlte ich 6 Euro für ein Einzelticket Preisstufe B (Stadt und Nachbargebiet).[2] Die Versuchung zu tricksen, um Geld zu sparen, war da groß. Wenn ich in aller Herrgottsfrühe nicht zu Fuß über die Stadtgrenze laufen wollte, um die Fahrt erst in Essen anzutreten, hätte ich mein Einzelticket Preisstufe A nicht sofort bei Fahrtantritt in Gelsenkirchen, sondern erst eine Haltestelle später in Essen abstempeln können.

In der Rückschau wirkt das heute alles so kleinkariert und lächerlich. Seitdem die Städte des Ruhrgebiets zu einem 17. Bundesland zusammengewachsen sind, hat sich hier im öffentlichen Personennahverkehr einiges verbessert. Das undurchschaubare Verkehrsverbund-, Tarifzonen- und Wabensystem ist eine Sache der Vergangenheit. Mit dem Ruhr-Ticket kann ich zu jeder Zeit von jedem Ort im Ruhrgebiet zu jedem beliebigen anderen Ort im Ruhrgebiet fahren. Was das angeht, haben die Stadtgrenzen ihre einstige Bedeutung verloren.

Essen Hauptbahnhof …

Als ich nach circa zwanzig Minuten am Essener Hauptbahnhof aus der U11 aussteige und dem Pendlerschwarm über die Rolltreppen in die Bahnhofsvorhalle folge, wo ich mich über die nächste Verbindung nach Köln informiere, wird mir schmerzhaft bewusst, wie viel Enttäuschung mir das Bundesland 17 darüber hinaus gebracht hat.

Die Geburt des 17. Bundeslandes Ruhrgebiet löste seinerzeit eine mitreißende Aufbruchstimmung aus. Wir waren wild entschlossen, es allen zu zeigen. Das Ruhrgebiet könne ohne Hilfe von außen auf eigenen Beinen stehen. Wir waren heiß darauf, endlich den Beweis dafür anzutreten. Was meine Branche betrifft, wollten wir uns von der Landeshauptstadt NRWs, Düsseldorf, und dem gefeierten Medienstandort Köln abnabeln. Es war undenkbar, dass wir weiter für Filmförderung in Düsseldorf betteln gehen oder dass unser Fernsehprogramm weiter aus Köln kommen würde. Und so gab es eine faire Ausschreibung für einen neuen Medienstandort an der Ruhr. Schnell kristallisierten sich drei Top-Anwärter heraus:

i) Duisburg trat als Heimat der Schimanski-Reihe siegessicher auf, argumentierte mit der geografischen Nähe zu Düsseldorf und Köln, wo die spezialisierten Fachkräfte seien, was sich in der Vergangenheit bei Polizeiformaten im Nachmittags-TV („Ruhrpott-Wache") bewährt habe.

ii) Essen berief sich auf seine schiere Größe und die zentrale Lage mitten im Ruhrgebiet. Es hätten bereits eine erfolgreiche Daily Soap („Alles was zählt") und andere bekannte Serien (zum Beispiel „Der letzte Bulle") in Essen gespielt. Außerdem habe der dort ansässige Regionalverband Ruhr ein gut ausgebautes Kulturnetzwerk, das problemlos um die Medien erweitert werden könne.

iii) Dortmund schließlich wollte mit seinen beeindruckenden Referenzen, wie zum Beispiel dem Dortmund-„Tatort" und dem Erfolg der bereits dort ansässigen Produktionsfirmen (Grimme- und Deutsche Fernsehpreise), punkten.

Dortmund bekam dank des leidenschaftlichen Einsatzes eines renommierten Filmemachers der Stadt schließlich den Zuschlag und reagierte sofort. In kürzester Zeit entstand ein großes Studiogelände am Stadtrand. Ein repräsentativer Sitz für die Film- & Fernsehstiftung Ruhr wurde eingerichtet. Und diverse kleine und größere Produktionsfirmen profitierten bei ihrer Gründung von der Standortförderung. Kurzum flossen alle Gelder, die das Land für die Medienlandschaft Ruhr lockermachte, in die Stadt Dortmund.

Das Wirgefühl im neuen Bundesland hielt dabei nicht lange an. Nicht nur die einstigen Mitbewerber Duisburg und Essen ärgerten sich. Auch in anderen Ruhrgebietsstädten, wie zum Beispiel Oberhausen, machten sich Neid und Missgunst breit.

Ich persönlich habe diese Entwicklungen gespannt verfolgt. Nur allzu gerne hätte ich meine langjährige Berufserfahrung in den „Aufbau Ruhr" mit eingebracht. Entsprechend groß waren meine Erwartungen, als ich Antwort auf eine Bewerbung aus Dortmund bekam.

Am Telefon war noch alles gut. Mein Gesprächspartner war Geschäftsführer einer Produktionsfirma, die Förderung für die Entwicklung einer Ruhrgebiets-Soap bekommen hatte. Mit meinem Hintergrund sei ich wie gemacht für das Format, hieß es. Ich wurde zu einem Vorstellungsgespräch nach Dortmund eingeladen. – Kein Problem dank des Ruhr-Tickets! Aber die Stimmung kippte sehr schnell, als ich meinen potenziellen neuen Arbeitgeber persönlich traf. Beim einleitenden Small Talk über Fußball erfuhr mein Gegenüber, dass ich Schalker bin. Als Borusse weigerte er sich, mir die Hand zu geben. Von jetzt auf gleich war alles anders. Meine Qualifikationen seien nicht wirklich einschlägig, meine Referenzen zu weit vom angestrebten Look, und meine Schreibprobe … Na ja, von jemandem, der Sprachwissenschaft studiert habe, werde man jawohl erwarten können, dass Grammatik und Rechtschreibung stimmten, aber darüber hinaus … Die Vermutung liegt nahe, dass ich den Job nicht bekommen habe, weil ich Anhänger des rivalisierten Fußballvereins bin. Wie kleinkariert und lächerlich!

RE1 von Hamm nach Aachen …

Und so trete ich heute doch wieder die Reise nach Köln an. Wenn ich gleich in den RE1 von Hamm nach Aachen einsteige, werde ich nach zwei Halten hinter Duisburg die Grenzen des Ruhrgebiets überqueren. Das heißt rein praktisch, dass ich ein zusätzliches Ticket für die Strecke von Duisburg nach Köln brauche. Weil es das hier am Essener Bahnhof aber nicht gibt, musste ich es gestern im Internet buchen. Déjà-vu. Als es das Bundesland 17 noch nicht gab, hatte ich dasselbe Problem mit dem Übergang vom Verkehrsverbund Rhein-Ruhr (VRR) zum Verkehrsverbund Rhein-Sieg (VRS), nur dass seinerzeit Langenfeld (Rhld.) die Grenze war.

Natürlich freue ich mich, dass das Ruhrgebiet mit der Einführung des 17. Bundeslandes enger zusammengewachsen ist. Ich fühle mich dem Duisburger und dem Dortmunder näher als dem Rheinländer und sehe es gerne, wenn Grenzen fallen. Damit das Ruhrgebiet aber wirklich eins werden kann, müssen auch die Grenzen in unseren Köpfen verschwinden. Und das kann man leider nicht von oben verordnen und braucht Zeit. Mehr Zeit als meine tägliche Fahrt nach Köln und zurück.

(1) „Evag-Jubiläum – Stadtbahn bis Gelsenkirchen wird 10 Jahre jung." NRZ 29.09.2011 [www.nrz.de/staedte/essen/evag-jubilaeum-stadtbahn-bis-gelsenkirchen-wird-10-jahre-jung-id5111856.html]
(2) Preise Stand März 2020.

Herr Luca
Nummer 17 plant die Revolution

AM
4:11
22.03
TU
25

Und nun das Wetter …
Noch im Halbschlaf vernahm Sören Sönmez die Aussichten aus dem Radiowecker. „… Höchsttemperaturen bis 25 Grad, für die Jahreszeit weiterhin zu kühl."

Sönmez zog sich die Decke noch mal über den Kopf. Er hatte keine Lust aufzustehen. Keine Lust zu arbeiten. Gestern, der Chat mit den Kollegen, dauerte doch länger als geplant. Er hatte die eine und die andere Flasche Rotwein geleert. Sie hatten über die alten Zeiten gesprochen. Damals, als es noch eine gedruckte Zeitung gab. Boten verteilten die WAZ frühmorgens in den Briefkästen des Ruhrgebiets. Damals, als es noch Journalisten gab, die Zeit für Themen und Interesse an der Faktensuche hatten.

Recherche. Haben wir früher wirklich gemacht, dachte Sönmez melancholisch. Jemanden anrufen und fragen, wie sich etwas zugetragen hat. Heute irgendwie unvorstellbar, steht ja alles sowieso irgendwo im Netz. Die WAZ hatte bereits vor 14 Jahren die gedruckte Ausgabe eingestellt. Stattdessen tischte sie Online-Fastfood auf. Nicht lecker, aber irgendwas muss man ja essen.

Sönmez, 55-jähriger Sohn eines türkischen Informatikers und einer Frisörin aus Wattenscheid, nahm das Leben mit offenen Armen an. Bei ihm hieß das: sarkastisch.

Hatte die Wetterfee wirklich „zu kühl" gehaucht? Leuteleute, wo leben wir denn!

Die Antwort leuchtete auf seinem Radiowecker: Es ist 9 Uhr und 11 Minuten am Dienstag, dem 22. März 2050, in Ruhrgebiets-Stadt. Wenn 25 Grad im März als kühl gelten, tja dann …

Sönmez wuchtete seinen massigen Körper mit einem Stöhnen in die Höhe, strich sich über den üppigen Bauch und nahm das T-Shirt von gestern. Komm, is doch egal, ich muss ja nicht raus, raunte er sich zu.

Im selben Moment, in dem er aus dem Bett stieg, nahm automatisch der Kaffeevollautomat seinen Dienst auf. Bett und Kaffeemaschine hatte Sönmez per App so verbunden, dass die Koffein-Zufuhr ohne weitere Verzögerungen vollzogen werden konnte. Wunderbare Technik. Er setzte den Becher an und kippte die schwarze Tunke runter. Aaaaaah.

Von dem Geräusch eines Donnergrollens unterlegt, traf die Mail seiner Redaktion ein. „Sören, du machst gleich die Regierungserklärung von der Neuen." Der Text wurde umgehend auf seinen Kühlschrank projiziert. „Bisschen Atmo, nicht mehr als zwei Fakten, irgendwas Trashiges, dann kriegst du vielleicht auch mal ein paar Klicks." Motivieren können sie, diese Arschgeigen, grummelte Sönmez in sich hinein. „Geht klar, gerne", schrieb er zurück.

Zur Revolution bitte geradeaus …

Die Neue steckte voller Adrenalin, als sie ihrem engsten Mitarbeiter die Haustür öffnete. Sarah Sanftmut strich sich durch ihr schulterlanges Haar und wies Pablo, wie sie ihren Ratgeber Nummer eins nur nannte, den Weg zum Besprechungstisch im Wohnzimmer. „Hol dir was zu trinken, du weißt ja, wo alles steht. Und für mich ne Latte, bitte, bin gleich wieder bei dir."

Sanftmut war gestählt vom parteiinternen Kampf, sie war es gewohnt, Befehle zu erteilen und klare Ansagen zu machen. Konkurrenten auf dem Weg nach oben hatte die asketische Mittvierzigerin gnadenlos weggebissen. Wie das so ist unter Sozialdemokraten. In wenigen Stunden würde sie als erste Ministerpräsidentin des Ruhrgebiets vereidigt und hier im Homeoffice ihre Regierungserklärung halten.

„Ich mach mich nur eben frisch", rief Sanftmut ihrem Assistenten zu.

Bundesland 17 …
Seit zehn Jahren ist das Ruhrgebiet ein eigenes Bundesland. Nummer 17. Herausgelöst aus der Umklammerung dieses sonderbaren Konstrukts namens Nordrhein-Westfalen. Dass Rheinländer und Westfalen nichts miteinander verbindet, konnte man jedes Jahr mindestens einmal bestaunen, beim Karneval.

Seit vielen Jahrzehnten schon hatten Ruhrgebiets-Romantiker von dem Metropolen-Charme geschwärmt. „Wie Los Angeles, nur besser“, dozierte einst der Chefredakteur der WAZ, dessen Name schnell in Vergessenheit geraten war. Ja klar. Hier leben je nach Rechenweise fünf oder mehr Millionen Menschen. Das industrielle Herz Deutschlands hat hier seine Heimat. Auch wenn es nicht mehr richtig schlägt und vielerorts musealen Charakter angenommen hat. Hier wird Fußball-Kultur gelebt wie nirgends sonst. Dortmund, Schalke, Essen, Bochum, Duisburg und so weiter. Hier hätte man fast einmal die Magnetschwebebahn gebaut. Hier war es jahrzehntelang unmöglich, mit der Straßenbahn von einer Stadt in die andere zu fahren, weil man sich nicht auf eine gemeinsame Spurweite einigen konnte. Wer so unfähig und von derart konservativer Kirchturmpolitik geprägt ist, der kann auch selbstständig sein, dachten sich dann die Regierungspräsidenten Arnsberg, Düsseldorf und Münster. Geben wir dem größten Ballungsraum Deutschlands mal was zum Spielen. Und tun wir so, als hätte der Pott etwas zu sagen. Und die Geschichte gab den Entscheidern recht. Seit 2040 ist das Ruhrgebiet zwar ein eigenes Bundesland, kann sich aber nicht auf einen festen Sitz des Parlaments einigen. Essen will Dortmund nicht. Dortmund will Bochum nicht. Und Bochum will Duisburg nicht. Man orientiert sich am Vorbild der Europäischen Union und führte ein Wanderparlament ein.

2040 wurde das Ruhrgebiet von Witten aus regiert, 2041 zogen alle um nach Mülheim, dann wieder nach Herne, Unna, Oberhausen, Bottrop … „Das nennen wir einfach Politik vor Ort“, sagte der erste und bislang einzige Ministerpräsident des Potts.

Sebastian Wohlig: der grüne Mann zur rechten Zeit …
Der Klimawandel machte den Menschen immer mehr zu schaffen. Die Staus auf den Autobahnen wurden täglich größer. Der Ruhrgebiets-Radweg hatte sich als zu schmal für die Zehntausenden herausgestellt, die ihn benutzen wollten. Es kam zu hässlichen Unfällen. „Wandeln durch Handeln“, versprach die Umweltpartei. Und Wohlig holte den Sieg.

2050, nach zehn Jahren grüner Regierung, sind die Probleme des Ruhrgebiets zwar nicht größer geworden, aber eben auch nicht kleiner. Gut, in Dortmund lässt sich jetzt erstklassiger Wein anbauen, der Chateau Phönix. Die frühere Stadt des Bieres kippte nun den Rebensaft. Aber vom kostenlosen öffentlichen Nahverkehr, den Luxemburg bereits 2020 eingeführt hatte, träumt das Revier genauso weiter wie Schalke von einer Meisterschaft.

Mit allem hatte Wohlig gerechnet im Wahlkampf für die dritte Legislatur. Nur nicht mit ernsthafter Konkurrenz.

Dann kam sie …
Sarah Sanftmut hatte eine längst in Vergessenheit geratene Partei wiederbelebt. Nein, sie hatte die Hülle der Resterampe übernommen und die Herzen der Nostalgiker mit einer überzeugenden Kopie bewährter Slogans gewonnen: „Yes, we can make SPD great again!“ Pablo hatte die Idee zu dieser – wie er selbst sagte – an und für sich sinnfreien Mischung aus Obama und Trump. Aber wer fragt schon

nach einem tieferen Sinn, wenn es um Macht geht. Macht in einem mächtigen Bundesland! „Trama“ nannten sie ihre Kampagne. Und sie zog die Massen an.

Sanftmut mied öffentliche Debatten und Interviews mit Journalisten. Sie wollte nicht den gleichen Fehler machen wie so viele andere Sozialdemokraten. „Komm mir bloß nicht mit Inhalten“, wies sie Pablo an. „Der Wähler will sich wohl und sicher fühlen. Was wir ändern werden, behalten wir bis zur Regierungserklärung für uns.“

Pablo folgte dem kühnen Plan und schickte den Wählern Gratis-Onlinespiele, kostenlose Musikvideos, versprach die Wiedereinführung von „Wetten, dass..?“, die Neueröffnung des Bergwerks Prosper in Bottrop und verbreitete eine Soap, in der zufällig Sarah Sanftmut die Rolle eines Rotkäppchens spielt. Als die Umfragewerte in die Höhe schossen, schob sie ein Versprechen nach, das seit jeher die Herzen im Pott höher springen lässt: „Ich hole die Olympischen Spiele zu uns!“ Wann das so weit sei, ließ sie offen. Eine kluge Frau. Die SPD lag ihr zu Füßen. Und sie sahnte die absolute Mehrheit ab.

Haben wir alles, Pablo? …

Ein wenig nervös war Sanftmut jetzt schon, kurz vor ihrer Regierungserklärung. Die Katze musste aus dem Sack. Heute. Gleich. Nur gut, sagte sie sich, dass die persönliche Anwesenheit im Parlament abgeschafft ist. So kann ich hier zu Hause vom Teleprompter ablesen, ohne dass es jemand merkt. Alles wird per Livestream übertragen – ganz ohne Zwischenrufe.

Sören Sönmez staunt nicht schlecht …

… als er sich eine Viertelstunde vor Beginn der Übertragung auf SPD-TV in die Website einloggen will. Wer der

Übertragung der Regierungserklärung von „Super-Sarah" folgen will, muss zunächst eine Frage beantworten. „Halten Sie Sarah Sanftmut für die größte Ministerpräsidentin aller Zeiten?" Ja – Nein – Weiß nicht. Drei Kacheln stehen zur Auswahl.

Sönmez krault seinen Vollbart und schüttelt den Kopf. Keine Ahnung, die ist doch noch gar nicht im Amt. Der Wahrheit verpflichtet, klickt er den Weiß-nicht-Button. Für Sekundenbruchteile verdunkelt sich der Bildschirm, dann erscheint ein virtuelles Feuerwerk, unterlegt mit einem getrommelten Tusch. „Das ganze Leben ist Unterhaltung" leuchtet als Botschaft auf. Und der Zusatz: „War nur Spaß." Humor haben sie inzwischen ja, die Sozialdemokraten, findet Sönmez und grinst.

Um Punkt 11 Uhr wechselt das Bild. Sarah Sanftmut begrüßt das virtuelle Ruhrgebietsparlament, im Hintergrund ist eine Deutschlandkarte zu sehen mit einem roten, pumpenden Herz in der Mitte – na klar: Der Pott kocht! „Meine Damen und Herren", beginnt sie ihre Rede: „Ich habe einen Traum." Schön abgekupfert, denkt Sönmez. Eine halbe Stunde hört er der Rede gelangweilt zu. Sie streift Gerechtigkeit, Zukunft, Innovation, Einwanderung, Nachhaltigkeit. Sie tut niemandem weh und gestaltet auch nichts. Polit-Pfefferminz wie gehabt. Dann aber holt Sanftmut zum Coup aus. „Wir", leitet sie ein, „müssen Geschichte schreiben." Genau wie Obama damals in Berlin, glaubt Sönmez sich zu erinnern.

Was dann folgt, ist dann aber doch etwas anders …

„Ich bin eine klare Befürworterin des deutschen Föderalismus. Gerade wir mit unserer Geschichte tun uns einen großen Gefallen damit, Gewalten zu teilen. Dennoch und vielleicht sogar gerade deshalb stehen wir am Scheideweg.

Wir haben 17 Bundesländer. 17 Ministerpräsidenten. 17 Parlamente. 17 Kostenapparate. 17 Wahlen alle fünf Jahre. Wo so viele etwas zu sagen haben, geht wenig voran. Und das zum Nachteil der künftigen Generationen. Wer als Schüler von Bremen nach Bayreuth umzieht, kommt schultechnisch ins Ausland. Warum sind Autobahnen in Bayern schöner und breiter als bei uns? Weil die Münchener bessere Autos fahren als die Dortmunder? Nein, meine Damen und Herren. Ganz sicher nicht.

Wir brauchen einen gesunden Föderalismus. Das bedeutet mehr starke Länder. Starke Länder heißt, dass wir die Kräfte bündeln müssen. Und deshalb werde ich morgen schon dem Bundespräsidenten meinen Plan vorstellen, die Zahl der Bundesländer der Bundesrepublik Deutschland zu reduzieren. Von 17 auf genau 5: Berlin, Hamburg, München, das Ruhrgebiet. Diese Metropolen ergänzt um das, was ich Restland nenne. So schaffen wir eine schlagkräftige Verwaltung, die den Bürgerinnen und Bürgern des Landes wirklich dient. Ich danke für Ihre Aufmerksamkeit."

Pablo spielte tosenden Applaus ein, Sanftmut nickte gnädig und verschwand von der Bildfläche. „Na, wie war ich?", fragte die Revoluzzerin. Pablo hob den rechten Daumen. „Super, wie immer, Chefin." Die Ministerpräsidentin nahm ihren wichtigsten Mitarbeiter in den Arm und flüsterte ihm das letzte Geheimnis dieses denkwürdigen Tages zu. „Wenn unser Plan aufgeht, nehmen wir in fünf Jahren Berlin den Regierungssitz weg und verlegen die Hauptstadt nach Essen. Ade, Reichstag! Willkommen, Zeche Zollverein!"

Eine Stunde später klingelte Sören Sönmez' Handy …
Pablo war dran: „Wie wäre es mit einem Interview mit unserer Ministerpräsidentin zum Bundesländer-Plan. Vielleicht", sinnierte er laut, „hat sie ja noch viel größere Pläne."

Udo Feist

Meerverkehr – oder: Wahnsinn ist stabil
Wie Konrad, Jonathan und ich den Fortschritt erleben. Eine Küsten-Geschichte

Das sieht man den Möwen nicht an …

… das Blutrünstige, die Entschlossenheit, den unvermittelten Angriff. Die Gefahr. Konrad hatte ihm von einer aus einem Buch erzählt. Die hieß Jonathan und war eher so wie ihr Name. Außerdem, dass es im Binnenland früher bloß an Müllhalden welche gab.

Die hier waren anders, aber mit dem Müll, das stimmte schon. An der Westfalenhalle, um das Stadion, in der Nordstadt, der City, an Bus- und Bahnstationen lauern sie in Scharen, wo auf Plätze und Bürgersteige Geworfenes und überquellende Mülleimer immer einen Imbiss bieten. Die Hauptmenüs erbeuten sie im Sturzflug, wenn Sandwich oder Burger aus der Tüte geschoben, Döner- und Nudelbecher geöffnet werden, ein Kind, dessen Mutter mit dem Smartphone zugange ist, ins Milchbrötchen beißt. Und sie sind nicht zimperlich. Ihre Tetanus halten daher neuerdings die meisten auf dem Stand.

Ein strammer Faustschlag auf den Rumpf allerdings dreht dieses Verhältnis markant um. Da wäre dann manche doch lieber mehr wie Jonathan. Aber was heißt hier neuerdings: Poseidons Fluten und Geschwader stehen schon lange bis tief in die Soester Börde.

Hamm war nicht zu halten …

… und die Image-Werker der Hellweg-Region brainstormen jetzt mit Küstenlinie und Wat'nMeer. Die Beckumer Berge östlich von EinstAhlen sind da und dort noch als Hallig zu sehen, wie die Baumberge bei Münster, das nur noch in Büchern steht.

Von Oer-Erkenschwick nach Haltern, das auf Borkenberge und Hohe Mark umgesiedelt wurde (es lebt als H I und II so immerhin im alten Namen fort), nimmt man nun eine Fähre.

Die RevierKern-Rettung erfolgte eher aus numerischem Grund (wir sind zu viele!) und weil Holländer-Know-how bei dem nötigen RabiatDeichbau immens hilfreich war.

Wir begannen uns schnell als Küstenregion zu sehen, was wohl mehr ein Abfinden war, aber sonst hätte das mit dem abgeschafften Individualverkehr nie geklappt. Schließlich kannten wir das von Wochenenden auf EinstWangerooge. Und konnten uns leichter an den Gedanken gewöhnen, weil macht man so, wenn man Küste, nahezu schon Insel ist und die aus dem Hinterland sich dort erholen oder vom Alltag abwechseln wollen.

Kommen jetzt die Sauerländer, parken sie die Karre brav gleich an der Ruhr – und fürchten wegen der Möhne stromauf den Zweifrontenkrieg (Rollbomben, ya know?) und wie sie dann die Duty-free-Beute wieder in ihre Berge kriegen. Aber erst mal denken sie bloß nach vorne, besteigen direkt in Schwerte die Wagen des komfortabel-vorzüglichen E-Bahn-Station-17-Regionalverkehrs und latschen ab den Zielbahnhöfen in der Gegend rum wie wir; mangels Alternative und weil ja Küste, macht man da so. Doch was hatten sich die RegionalRäte, vorneweg rote und grüne, Postenschieber und Verschlepper ganz wie eh, im RuhrLament zunächst zickig intrigant dagegen gewehrt, Dienstwagen so fest im Blick wie die Möwen den Müll. Argumente, die kamen, lagen Vernunft so fern wie EinstEmden nun der Wasseroberfläche. Taucher-Debatten und Atemnot, nur Schwarze und Gelbe (ausgerechnet!) kamen, vor der Dekompressionskammer bereits genüsslich wieder Zigarren schmauchend, tatsächlich auf Gedanken. Die hatten mit Naturpark, E-Zügen, Kutschenkram, fortan rollenden Euros und eben damit zu tun, dass ja auch auf Wangerooge … wir wissen schon. Das Ergebnis ist so schlecht nicht, zumal die Kurtaxe seit Staatenwerdung an der Kohleküste bleibt.

Dass hier seither viele Hut und Bärte tragen und bis zu den Ohrläppchen Tätowierung (das Manta-Gen: Übertreiben und Aufmotzen waren hier immer heimisch, auch das schützen Deiche), ist allerdings peinlich. Es sieht stutzerhaft aus und gar nicht nach KüstenCowboy, was es sollte.

Immerhin gibt es noch eine andere Fraktion, und die nimmt zu, nicht zahlenmäßig, aber als ein Bodensatz, der sauerteigartig mit Stil und Eigensinn Wirkung entfaltet. Und weil Touris deren Orte und Geselligkeit zu schätzen begannen, ließ man sie gewähren und förderte sie. Wegen progressiver Nichtbesteuerung, soweit in Länderhoheit, und kreativem Entgegenkommen – in subventionis ging hier schon immer was – kehrten die Bierkneipen zurück, bevölkerten sich Plätze, eröffneten Musikclubs, war spontanes Tanzen wieder Alltagssport. Schank- und AußengastroLizenzen wurden Standards der Wirtschaftsförderer, was sich damit traf, dass Leute gern reden und die ja nun nicht mehr dröge allein in ihren Karren saßen. Man könnte es Fortschritt nennen – oder frischen Wind dank Dauerbrise.

Doch ist nicht alles Gold …

… was Küste und kaum eine Möwe Jonathan, wie das Sprichwort schon länger weiß, und eben auch diese Geschichte:

Konrad war nie gern auf Ämter gegangen, im Gegenteil. Wenn bloß Post von Behörden kam, marodierte er familiär in Wutanfällen. Mit Polizeikontakten war das ähnlich. Ich vermutete Unsicherheit und Nachwirkung von Ohnmachtserfahrungen als Kind und Jugendlicher dahinter. Das sah man nicht sofort, man spürte es. Verstehen brauchte noch länger: Rasse- und Nationalbekloppte hatten ihm, und da war er nicht der Einzige, Flucht, Vertreibung und einiges mehr eingebrockt. Polizei und Behörden hatten dabei emsig geholfen. Auch auf Clubs und Kneipen reagierte er mit Vermeiden, dabei hätte ich ihn so gern mal mitgeschleppt – doch das ist eine andre Geschichte (die ist für den nächsten Band). Er vermutete da Trunkenbolde und Schürzenjäger, lockere wie lockende Weiber und Tunichtgute mehr.

Aber hier saßen wir jetzt …

… Konrad und ich, mitten im BrisenFortschritt, also in einer Kneipe. Er mit Fanta, ich beim dritten Bier. Er nippte mal. Weil eben eins zum anderen gekommen war, wie es manchmal so geht. Wegen dreier dummerweise beobachteter, von Empörten protokollierten, dann denunzierten Faustschläge vor dem RäteHaus, die zwar höchst angemessen drei NichtJonathans aus der Luft gepflückt hatten, dies allerdings final. Konrad brauchte Erleichterung, Zuflucht, Illusion von Zuhause, Sicherheit. Kumpanei.

Wir sind eingekehrt. Ich habe ihn mitgeschleppt. Denn die Behörden des 17. Konföderationsmitglieds waren auf den Plan getreten, jene vom RuhrLament beauftragten. Und die hatten ein Anliegen, das Roten und Grünen zu verdanken war, die – nachdem sie karrenmäßig wegen der KüstenregionRegelung unterlegen und seither völlig ohne Dienstwagen waren – Kapazitäten zum Sinnieren über ganz anderes freigehabt hatten. So war es nach nicht mehr länger erträglichem Möckern, Anträge stellen und Interviews geben zu dem „küstenscharfen Pflückschutz für Möwen, selbst wenn die sich nicht wie Jonathans benehmen" (so sind sie eben, die Möwen, hieß es immer), gekommen. Naturpark, Weltmöwe-Erbe … wir wissen schon. Schwarze und Gelbe hatten im Gegenzug DeichkronenKutschen bewilligt bekommen samt ausreichend Pferden dazu.

Und Konrad war vorgeladen worden „wegen eines Pflückschutz-Deliktes von besonderer Schwere“. Eine Vorführung durch Polizeibeamte war angedroht. Und ich begleitete ihn. Dann sind wir abgebogen, zu viel Stress. Er hat jetzt auch ein Bier bestellt. Ich hab ihm zu einem Stößchen geraten. Küstennebel für Anfänger.

Wir amüsieren uns prächtig. Kommen mit Sauerländern ins Gespräch, die zur Theke rüberkommen und schon ziemlich windschief sind, herzhaft herzlich, sehr interessiert. Wie schön wir das hier haben, so viel Begegnung, keine Autos, trotzdem viel Verkehr und – Meer. Sie zwinkern.

Konrad lacht, viertes Stößchen, er will nun ein doppeltes: Sagt man doch so, oder? Dann erzählt er von Irene, 17 war er da, sie 19, und wie er grundfalsch abgebogen ist, nicht anders konnte. Die Kirche, die Mutter, der Stoff für den andern Band … wir wissen schon. Kommen Thea und Anke dazu, also hier, nicht damals, später noch Esther. Die Schwester! Von Anke. Oder Thea? Verschwisterung. Meerverkehr. Konrad lacht.

Draußen fährt ein Polizeiwagen mit Einsatzlärm und -licht vorbei, hinterm Steuer sitzt ein verkappter Grüner. Statt Dienstwagen, sage ich. Konrad: Grüne Minna hieß das mal. Und lacht. Im Amt zählen sie Kurtaxe, auch nachts. Wir trinken.

Ein Sauerländer, der Jonathan heißt, ausgerechnet, und sich, wenn er den Möwen zusieht, vorstellt, wie schön das sein muss, einfach nur zu fliegen. Hart am Wind und elegant, immer.

Viel zu spät ziehen wir los …

… zu sechst, windschief, bloß von der Küstenbrise aufrecht gehalten, aber verlässlich. Wegwohin. Konrad lacht. 17 er, 19 sie, so früh kommen wir nicht mehr zusammen.

Egal, jetzt laufen wir, gut zu Fuß wie alle hier an der Küste, kommen bei der Zählung aber kräftig durcheinander. Kein Wunder, sind doch Hamburg und Bremen, das meiste von Niedersachsen, Schleswig-Holstein und Meckpomm längst submarin, und was noch halligArtig da ist sozusagen überseeische Gebiete.

Egal, wir behalten das im DortmundOoge.

Morgen!

Wie zählen wir also?

Trinken Doppelte, schlagen uns durch.

Musst du, auch an der 17. Küste.

Anarchisten von hier wie aus dem Sauerland.

Grüß mir Jonathan, wenn du zum Rodeln hinfährst. Und über dem Horst schön mit den Flügeln wackeln.

Versprochen!

Vorhang.

Applaus.

Und das kräftig.

Vor Wind hörst du ihn kaum, aber dafür Möwen. Viele. Und Jonathan, zwar leiser. Hebt er ab.

Philip Stratmann
Ruhrpott, Ruhrpott! Na dann, prost!

§29

Im Fernsehen lief es in den Nachrichten.
Das grelle Licht der Nachrichtensender flutete den diesigen Raum. „Ruhrgebiet zum 17. Bundesland ernannt“, lief es über die Ticker zwischen internationalen Konflikten in Nordamerika und dem neuen Verbot von Elektroautos. Erst mal gab es noch ein Bier. Dann prost auf die neue Wichtigkeit.

„Das Bundesland mit den meisten Großstädten“, diktierte jemand in ein Mikro, ohne vermutlich gezählt zu haben. Vielleicht haben sie die Metropolen anderer Bundesländer nicht gezählt, denn Metropolen sind ja keine Großstädte. Ein politischer Clou von denen da oben (wie ich diesen Ausdruck hasste, aber so fühlte es sich gerade an) war das jedenfalls. Da zankten sich Jahrzehnte die Oberbürgermeister der Ruhrgebietsstädte um die Idee, eine gemeinsame Stadt zu bilden, ohne viel mehr als Bus und Bahn über die ein oder andere Stadtgrenze fahren zu lassen und zuletzt die vormals „dezentral gelegenen Schwimmbäder“ zu einem großen Ruhrbad zwischen Bochum und Essen zusammenzufassen. Dann entschied man sich einfach außerhalb des Ruhrgebiets, eben jenes sogar zum Bundesland zu erklären. Natürlich „um dem Ruhrgebiet seine angemessene Bedeutung zu geben“. So wurde die Volksabstimmung nach § 29 des Grundgesetzes begründet.

Über die neu gewonnene Finanzautonomie des Ruhrgebiets freute man sich allerdings vor allem bei der NRW-Landesregierung in Köln, die sich nun endlich dem widmen konnte, wofür sie schon immer stand, nämlich Nordrhein und Westfalen.

So hatte nun alles auch seine Ordnung und Richtigkeit. Der Speckgürtel von NRW war zufrieden über das erfolgreiche Outsourcing. Im Ruhrgebiet selbst freute man sich mit Ausnahme einiger kritischer Stimmen im westfälischen

Dortmund, sich von den „Bauern“ bei Münster und den „Yuppies und Hipstern“ am Rhein lösen zu können. Zumindest waren das die zentralen und erfolgreichen Argumente der Befürworter.

Vor der Tür und auf den Bildschirmen war die Freude über die Anerkennung als eigenständiges Bundesland jedenfalls riesig. „Ruhrpott, Ruhrpott“, grölten die Menschen irgendwo in den Straßen, als hätte es ihn vorher nicht gegeben. – Wobei, hat es ihn jemals gegeben? Befremdlich waren die Witzchen an Zugezogene, dass man sich doch nun entscheiden müsse, wo man hingehört. „Ja, dann prost. Aber für dich jetzt lieber Kölsch/Weizen/Alt [setze beliebiges Bier aus einer Stadt ein, die nicht zum Ruhrgebiet gehört]?“ Damit macht man erst recht keine Witze. Schmeckt ja nun wirklich nicht.

Im Fernsehen wieder Gesichter mit Mikrofon.
„Drum ist Essen ja die logische Wahl für die neue Landeshauptstadt“, und es sei davon auszugehen „dass Duisburg Regierungsort werden muss, aber darauf wird man sich sehr gemeinsam zu verständigen wissen“. Man müsse sich „einig sein, dass die neue Landeshauptstadt im Zentrum zu liegen hat“ und „der unmittelbare Kontakt zum mittelständischen Westfalen und Sauerland sehr wichtig für die Arbeit der neuen Landesregierung sein wird“.

Hauptsache, nicht hier, dachte ich still, während im Fernsehen Bürgermeister sämtlicher Mittelstädte sich als Standorte für Bezirksregierungen ins Spiel brachten.

„Von solch internationaler Relevanz, im Zentrum von Ost und West, wird das Ruhrgebiet mindestens drei, wenn nicht vier Regierungsstandorte benötigen.“ Denn zuvor, als das Ruhrgebiet noch keine Autonomie besaß, seien es schon zwei gewesen.

Autonom, dachte ich und versuchte meine Bilder von Autonomen und dem Wunsch nach Autonomie für mein Leben mit der neu gewonnenen Autonomie des Ruhrgebiets zusammenzubringen. Das ging nicht. Entweder wir meinten etwas anderes, oder das Ruhrgebiet wurde nicht autonom. Eigentlich spricht man ja auch von Souveränität.

Auf die Frage, wie sich das Ruhrgebiet in der Frage des Länderfinanzausgleichs positionieren würde, antwortete tatsächlich jemand mit „Ääääääh".

Ich ging erst mal aufs Klo, autonom und souverän.

Die Bartür öffnete sich, und eine neue Beschäftigtheit nahm den Raum ein. „Das hier muss alles heller, und die Front machen wir aus Glas und Stahl. Könnten Sie mal mit dem Hocker bitte zur Seite." – „Nee!"

„Ruhrpott, Ruhrpott", schrien die Menschen hinter mir, von den Straßen drangen sie herein. „Was wollen denn diese Yuppies hier? Das ist unser Ruhrpott!", schrien sie auf die Gäste mit Plänen für mehr Glas ein. Einer der Beschäftigten schrie noch was von „Plänen", „schöner" und „hässlich", bis sich beide Gruppen ineinander verfingen, wie Ultra-Gruppen von Schalke und Dortmund nach dem Derby ohne Begleitung der Polizei, nur dass es hierbei um nichts Wichtiges ging.

Ich trank noch ein Bier und ging dann nach Hause.

Ja, liebe Enkel.

Das war die Nacht, in der sich hier der politische Wille manifestierte, nach § 29 das Ruhrgebiet in NRW einzugliedern.

Anhänge:
17 x 17 – Wie gut kennst du deine Heimat?
Artikel 29 des Grundgesetzes
Die 17 Autorinnen und Autoren dieses Buches

17 x 17 – Wie gut kennst du deine Heimat?

Teste dein Wissen über B17 und ernte verwunderte oder auch bewundernde Blicke, wenn bei der nächsten Familienfeier über unsere geliebte Heimat geplaudert wird.

1) Wo erhielt am 29. Februar 2028 das „B17-Ministerium für regionale Gleichbehandlung" seinen Amtssitz?
A Gelsenkirchen-Rotthausen
B Essen-Vogelheim
C Castrop-Rauxel-Habinghorst
D Oberhausen-Blocksberg

2) Am 1. Januar 2040 trat das „Gesetz zur parteiischen Absicherung von Beamten" in Kraft. Ab welcher Besoldungsstufe muss ein Beamter Mitglied einer der drei CSGKO-Parteien sein?
A A6
B C3
C X66
D B1

3) Am 2. Oktober 2025 wurde erstmals einer Persönlichkeit für überragende Verdienste um B17 ein Verkehrsweg gewidmet. Wie heißt er?
A Ulrich-Paetzel-Boulevard
B Jürgen-von-Manger-Autobahn
C Carola-Geiss-Netthöfel-Pfad
D Thomas-Kufen-Gasse

4) Wer wurde bei einer im April 2051 deutschlandweit durchgeführten repräsentativen Umfrage mit großem Abstand zum beliebtesten Ort des Emscherlandes gekürt?
A der Phoenix-See in Dortmund-Hörde
B die Zeche Zollverein in Essen-Stoppenberg
C der Rasthof Resser Mark an der A3
D der Mondpalast in Wanne-Eickel

5) Bottrop führte als „Stadt der Innovationen“ am 1.1.2030 das steuerlich absetzbare „Handgeld für Omma ihr Kabäusken im Altenheim“ ein. Wie hoch war es?

A 500 Euro und eine Kiste Wein
B 5000 Euro und zehn Kisten Wein
C 50 000 Euro und ein Weinberg
D 1 Flasche Wein und ein Bauplatz in Kirchhellen

6) Welche der folgenden Lebensweisheiten ist ursprünglich nicht in B17 beheimatet?

A Das Wandern ist des Müllers Lust.
B Willze wat, kost dat wat.
C Es kommt der Tag, da will die Säge sägen.
D Wer tut gut schmiern, kann nich verliern.

7) Was wird in B17 allen Neugeborenen per Gesetz übertragen?

A Rentenansprüche ihrer Eltern
B Parteizugehörigkeit ihrer Eltern
C Vornamen ihrer Eltern
D Auto ihrer Eltern

8) Welche Grundqualifikation müssen alle Frauen/Männer vorweisen, die in B17 als Politesse/Politeur wirken wollen?

A gut küssen
B gut sehen
C gut fluchen
D gut kochen

9) Am 2. Oktober 2050 wurde die Fährverbindung Haltern – Oer-Erkenschwick eröffnet. Welche Fährverbindung ist für die 2060er Jahre geplant?

A Haltern – Brooklyn-Mitte
B Haltern – Essen-Kettwig
C Oer-Erkenschwick – Dover Cruise Terminal Two
D Oer-Erkenschwick – Kahler Asten

10) Die Olympischen Spiele 2080 werden mit an Sicherheit grenzender Wahrscheinlichkeit in B17 stattfinden. In welcher neuen Sportart soll dann um Edelmetall gerungen werden?
A Sackhüpfen
B Doppelkopf
C Thekenturnen
D Kusselkopp schießen

11) Warum war Duisburg ab dem 2. Oktober 2024 nicht mehr im Regionalverband Ruhr vertreten?
A zu viel Rheinwasser gesoffen
B bestochen
C unter Drogen
D die Stadt hat nie existiert

12) Warum erhielt dieses Buch keinen „Genehmigt!"-Stempel der CSGKO-Prüfstelle für gefährliche Schriften?
A kein Vorwort eines Regierungsmitglieds
B kein schöner Umschlag
C zu viele Rechtschreibfehler
D die Beamten der Prüfstelle sind alle in Urlaub

13) Wie viel Kurtaxe müssen Sauerländer in der Küstenregion Dortmund aktuell für einen Urlaubstag zahlen?
A 5 Euro
B 10 Zloty
C 2 Hühnereier
D 1 Gramm Haschisch

14) Welcher ehemalige Oberbürgermeister einer B17-Stadt ergatterte nach seiner Emeritierung eine gut dotierte Stelle als Kassenaufsicht bei Kaufland?
A Ulrich Scholten
B Ulrich Sierau
C Bernd Tischler
D Josef Krings

15) Mit welchem Slogan warb die SPD sehr erfolgreich bei der Landtagswahl 2050?

A „Beten Sie für uns!“
B „Yes, we can make SPD great again!“
C „Wer nich pariert, wird abgeführt!“
D „Willy wählen!“

16) Wie bezeichnet der B17-Volksmund die Stadt Düsseldorf nicht?

A Groß-Bronx
B Schnöseldorf
C Schusseldorf
D Dusseldorf

17) Auf welcher klassischen Herrschaftsform ruht B17?

A Despotie
B Oligarchie
C Mafionismus
D Paternalismus

Auflösungen? Fix auf *www.bundesland17.de* nachschauen!

Artikel 29 des Grundgesetzes für die Bundesrepublik Deutschland

(1) Das Bundesgebiet kann neu gegliedert werden, um zu gewährleisten, dass die Länder nach Größe und Leistungsfähigkeit die ihnen obliegenden Aufgaben wirksam erfüllen können. Dabei sind die landsmannschaftliche Verbundenheit, die geschichtlichen und kulturellen Zusammenhänge, die wirtschaftliche Zweckmäßigkeit sowie die Erfordernisse der Raumordnung und der Landesplanung zu berücksichtigen.
(2) Maßnahmen zur Neugliederung des Bundesgebietes ergehen durch Bundesgesetz, das der Bestätigung durch Volksentscheid bedarf. Die betroffenen Länder sind zu hören.
(3) Der Volksentscheid findet in den Ländern statt, aus deren Gebieten oder Gebietsteilen ein neues oder neu umgrenztes Land gebildet werden soll (betroffene Länder). Abzustimmen ist über die Frage, ob die betroffenen Länder wie bisher bestehen bleiben sollen oder ob das neue oder neu umgrenzte Land gebildet werden soll. Der Volksentscheid für die Bildung eines neuen oder neu umgrenzten Landes kommt zustande, wenn in dessen künftigem Gebiet und insgesamt in den Gebieten oder Gebietsteilen eines betroffenen Landes, deren Landeszugehörigkeit im gleichen Sinne geändert werden soll, jeweils eine Mehrheit der Änderung zustimmt. Er kommt nicht zustande, wenn im Gebiet eines der betroffenen Länder eine Mehrheit die Änderung ablehnt; die Ablehnung ist jedoch unbeachtlich, wenn in einem Gebietsteil, dessen Zugehörigkeit zu dem betroffenen Land geändert werden soll, eine Mehrheit von zwei Dritteln der Änderung zustimmt, es sei denn, dass im Gesamtgebiet des betroffenen Landes eine Mehrheit von zwei Dritteln die Änderung ablehnt.
(4) Wird in einem zusammenhängenden, abgegrenzten Siedlungs- und Wirtschaftsraum, dessen Teile in mehreren Ländern liegen und der mindestens eine Million Einwohner hat, von einem Zehntel der in ihm zum Bundestag Wahlberechtigten durch Volksbegehren gefordert, dass für diesen Raum eine einheitliche Landeszugehörigkeit herbeigeführt werde, so ist durch Bundesgesetz innerhalb von zwei Jahren entweder zu bestimmen, ob die Landeszugehörigkeit gemäß Absatz 2 geändert wird, oder dass in den betroffenen Ländern eine Volksbefragung stattfindet.
(5) Die Volksbefragung ist darauf gerichtet festzustellen, ob eine in dem Gesetz vorzuschlagende Änderung der Landeszugehörigkeit

Zustimmung findet. Das Gesetz kann verschiedene, jedoch nicht mehr als zwei Vorschläge der Volksbefragung vorlegen. Stimmt eine Mehrheit einer vorgeschlagenen Änderung der Landeszugehörigkeit zu, so ist durch Bundesgesetz innerhalb von zwei Jahren zu bestimmen, ob die Landeszugehörigkeit gemäß Absatz 2 geändert wird. Findet ein der Volksbefragung vorgelegter Vorschlag eine den Maßgaben des Absatzes 3 Satz 3 und 4 entsprechende Zustimmung, so ist innerhalb von zwei Jahren nach der Durchführung der Volksbefragung ein Bundesgesetz zur Bildung des vorgeschlagenen Landes zu erlassen, das der Bestätigung durch Volksentscheid nicht mehr bedarf.

(6) Mehrheit im Volksentscheid und in der Volksbefragung ist die Mehrheit der abgegebenen Stimmen, wenn sie mindestens ein Viertel der zum Bundestag Wahlberechtigten umfasst. Im übrigen wird das Nähere über Volksentscheid, Volksbegehren und Volksbefragung durch ein Bundesgesetz geregelt; dieses kann auch vorsehen, dass Volksbegehren innerhalb eines Zeitraumes von fünf Jahren nicht wiederholt werden können.

(7) Sonstige Änderungen des Gebietsbestandes der Länder können durch Staatsverträge der beteiligten Länder oder durch Bundesgesetz mit Zustimmung des Bundesrates erfolgen, wenn das Gebiet, dessen Landeszugehörigkeit geändert werden soll, nicht mehr als 50 000 Einwohner hat. Das Nähere regelt ein Bundesgesetz, das der Zustimmung des Bundesrates und der Mehrheit der Mitglieder des Bundestages bedarf. Es muss die Anhörung der betroffenen Gemeinden und Kreise vorsehen.

(8) Die Länder können eine Neugliederung für das jeweils von ihnen umfasste Gebiet oder für Teilgebiete abweichend von den Vorschriften der Absätze 2 bis 7 durch Staatsvertrag regeln. Die betroffenen Gemeinden und Kreise sind zu hören. Der Staatsvertrag bedarf der Bestätigung durch Volksentscheid in jedem beteiligten Land. Betrifft der Staatsvertrag Teilgebiete der Länder, kann die Bestätigung auf Volksentscheide in diesen Teilgebieten beschränkt werden; Satz 5 zweiter Halbsatz findet keine Anwendung. Bei einem Volksentscheid entscheidet die Mehrheit der abgegebenen Stimmen, wenn sie mindestens ein Viertel der zum Bundestag Wahlberechtigten umfasst; das Nähere regelt ein Bundesgesetz. Der Staatsvertrag bedarf der Zustimmung des Bundestages.

Die 17 Autorinnen und Autoren dieses Buches

Bernd Berke
Geboren 1952 in Geisa/Rhön, kurz darauf schon Dortmunder. Studium Germanistik/Geschichte an der Ruhr-Uni Bochum, ab 1982 langjähriger Kulturredakteur der Westfälischen Rundschau in Dortmund, außerdem Veröffentlichungen in diversen Blogs und Zeitschriften. Im Jahre 2011 Gründer des Ruhrgebiets-Kulturblogs www.revierpassagen.de mit zeitweise bis zu 20 Autorinnen und Autoren. Lebt in Dortmund.

Werner Boschmann
Geboren in Bottrop; lebt noch dort.

Peter Bothe
Geboren 1950 in Recklinghausen; Sozialpädagoge und Kulturmanager, Museumsleiter im Ruhestand, Kurator von Kunstausstellungen. Veröffentlichungen: „Graswurzelrevolution", Grafische Werkstätten, Kassel; „Euterpe – Jahrbuch für Literatur III", Husumer Druck- und Verlagsgesellschaft; „Neue Wahrheiten", Märchen-Anthologie, net-Verlag, Chemnitz; „Im Auge des Dichters", Ulrich-Grassnick-Lyrik-Anthologie, Quintus-Verlag, Berlin; „Größe spüren", Musikgedichte, Edition Kunst & Dichtung, Leipzig; „Musenblätter", Online-Kulturmagazin, Wuppertal.

epich 17
Seit vielen Jahren Autorin bei Wikipedia

Udo Feist
Journalist, Dortmund – kam an, kurz bevor Kennedy ging (John F.).

Jost Krüger
Autor von Fernseherzählungen und Theaterstücken, Dramaturg und Theaterregisseur; gründete 2001 mit Rudi Strothmüller das Hansa Theater in Dortmund-Hörde.
[www.hansa-theater-hoerde.de]

Lothar Lange
Geboren am 30. März 1951 in Gelsenkirchen-Erle, wuchs in den 1970ern im Schatten der dortigen Zeche Graf Bismarck auf. Kindheit mit Hasenbrot, Kohleofen und dem üblichen Klo auf halber Treppe im Treppenhaus. Lebt heute in Oberhausen.Verheiratet, zwei Kinder, zwei Enkel. Spielte Theater, parodiert, moderiert, bloggt, liest und schreibt. Hierzu bedient er sich gern auch des Regiolekts seines Ruhrgebiets, zu dem er sich unbedingt bekennt. Sprachen, pfiffiger Wortwitz und Dialekte haben es ihm angetan, ganz besonders der aussterbende ostpreußische mit seinem ganz speziellen Humor. Als Geschichten vorlesendem Vater und Großvater liegt ihm die Leseförderung von Kindern am Herzen. Er ist Lesepate der Kinderbibliothek der Stadt Oberhausen.

Susi Lilienfeldt
Diplom-Designerin aus Dortmund. 1967 in Hagen geboren. Hat drei wunderbare Kinder. [www.lilienfeldt-design.de]

Herr Luca
Wurde 1964 geboren, wuchs in Wattenscheid auf und lebt nach Stationen in Brüssel, Speyer, Düsseldorf, Frankfurt und Kassel seit mehreren Jahren wieder im Ruhrgebiet, in Essen. Journalist und Pressesprecher. 2018 erschien sein erstes Buch „80 Tage auf der Welt“.

Inge Meyer-Dietrich
Seit 1986 freie Autorin. Über 30 Buchpublikationen großteils für junge Leser. Zahlreiche Auszeichnungen im In- und Ausland, u. a. der Literaturpreis Ruhrgebiet für das Gesamtwerk. In ihrem Roman „Plascha“ schildert sie das Leben einer Bergarbeiterfamilie im Ruhrgebiet der Jahre 1917 bis 1919; in „Leben und Träume der Mimi H.“ geht es um eine Frau an der Ruhr zwischen 1909 und 1933, die sich durch schwierige Zeiten kämpft, dabei ihre Träume nicht aufgibt; Teil 2, „Eisengarn“, erzählt Mimis Geschichte weiter bis in die Nachkriegszeit; Teil 3, „Sahneteilchen“, ist in Arbeit. Außerdem zusammen

mit Anja Kiel „Die Hüter des Schwarzen Goldes“, ein Fantasy-Ruhrgebietsroman. Inge Meyer-Dietrich lebt mit ihrem Mann in Gelsenkirchen, die drei Kinder sind erwachsen, beide Töchter ebenfalls schriftstellerisch tätig.
[www.ingemeyerdietrich.de]

Sarah Meyer-Dietrich
Wurde 1980 geboren und wuchs im Ruhrgebiet auf. Sie ist freie Autorin und Dozentin für Kreatives Schreiben und erhielt für ihre Erzählungen einige Literaturpreise, darunter den Förderpreis des Literaturpreises Ruhr. Bislang erschienen zwei Romane von ihr: „Immer muss man mit Stellwerksbränden, Streiks und Tagebrüchen rechnen“ (2016) und „Ruhrpottkind“ (2017). Der dritte Roman ist in Arbeit. Die Erzählung „Die Würde des Menschen“ entstand in einem Projekt des CVJM Sozialwerks Essen. Sarah Meyer-Dietrich arbeitete gemeinsam mit Bewohnern des Gustav-Heinemann-Hauses, die mit ihr über Wohnungslosigkeit sprachen und ihr Anregungen für die Erzählung gaben. [www.sarahmeyerdietrich.de]

René Schiering
Geboren am 27. August 1977, wuchs in Gladbeck, Westfalen, auf. Nach Studium 1997 bis 2002, Promotion 2006 und anschließender sprachwissenschaftlicher Arbeit heuerte er 2011 als Autor beim Fernsehen an. Seitdem schreibt er für Formate wie „Privatdetektive im Einsatz“, „Berlin Tag und Nacht“ und „Krass Schule“. 2011 debütierte er mit „Ruhrpott-Köter“ als Romanautor. Im Moment macht er Countrymusik mit der Formation Ramblin’ René & The Stetson Five.

Einhard Schmidt-Kallert
Jahrgang 1949. Sozialgeograph und Raumplaner. War Entwicklungshelfer in Südostasien, war Gastdozent in Ghana, danach mit unterschiedlichen Aufgaben in Auslandseinsätzen in Afrika, Asien und Lateinamerika. War von 2005 bis 2014 Professor für Raumplanung in Entwicklungsländern an der TU Dortmund. Lebt seit fast 30 Jahren in Essen-Frohnhausen, nur 300 Meter

von der U-Bahn-Haltestelle Wickenburgstraße entfernt. Und von der Auffahrt auf die A 40. Zahlreiche wissenschaftliche und journalistische Veröffentlichungen, u. a. Reisereportagen.

Ulrich Straeter
(auch: Amanda Fuchs, tremonius, maulwurf, U.S., -ust-)
Geboren während des Krieges im Jahr 1941 im Bomben-Planquadrat Cäsar 9 in Dortmund. Zog aus beruflichen Gründen aus der Borussenstadt in das Gebiet von RWE. Entschied sich später, statt Steuerbescheiden lieber Geschichten zu schreiben. Schwärmt schon länger für Inselrepubliken, wie Kuba, Tonga oder Irland. Meint, man könne von der sizilianischen Mafia lernen, wie man den Laden übernimmt …, siehe auch „Sizilianische Zitronen“, Horlemann Verlag, Berlin, 2011.
[www.straeter-kunst.de]

Philip Stratmann ist …

Björn Wilmsmann
Geboren am 23. März 1979 in einer nicht näher benannten Stadt westlich von Bottrop. Selbstständiger IT-Berater und Internet-Typ. Vornehmlich im Web unter https://bjoernkw.com zu Themen wie Digitalisierung, Informationstechnologie und Web Business schreiberisch aktiv. Ansonsten war er einer der Moderatoren von „Bottrop Rock City“, einer lokalen Heavy-Metal-Radiosendung, über die er auch einen Gastbeitrag in „Kumpels in Kutten – Heavy Metal im Ruhrgebiet“ verfasste.

Joachim Wittkowski
Geboren im Jahre 1959 in Wanne-Eickel. Lebt und arbeitet im Ruhrgebiet.

Henselowsky
Boschmann

Verlag
Henselowsky Boschmann
Bücher vonne ruhr
Postfach 10 02 31
46202 Bottrop
post@vonneruhr.de
www.vonneruhr.de

Unsere Bücher erhalten Sie in jeder Buchhandlung. Sollte einmal eines nicht vorrätig sein, kann Ihr Buchhändler es kurzfristig beschaffen. Auf Wunsch senden wir Ihnen gerne unseren Gesamtprospekt und informieren regelmäßig über unser Angebot an Ruhrgebietsliteratur. Hier eine Auswahl:

Werner Bergmann
Die Geschichte machen
Helden und Schurken im Ruhrgebiet von anno dazumal bis heute

Vorbilderbuch
Kleine Galerie der Menschlichkeit
30 Autorinnen und Autoren

Dirk Hallenberger (Hg.)
Prominente Porträts
Das Ruhrgebiet in autobiografischen Texten, Bd. 1 und Bd. 2

Sigi Domke
Geißlein, Prinzen und ein kross gegrilltes Schaf
Grimm'sche Märchen zum Abrollen

Heinz H. Menge
Mein lieber Kokoschinski!
Der Ruhrdialekt

Ruhrgebietchen
Was deine Kinder an dir lieben und was nicht

Adolf Winkelmann
Ich sehe häufig Dinge, die es nicht gibt
Graphic Novel

Stefan Laurin
„Beten Sie für uns!"
Der Untergang der SPD

Herr Luca
80 Tage auf der Welt
Ich bin tot. Na und?!

Wo Schweine pfeifen, Ziegen moppern und Tauben an das Gute glauben
Tiergeschichten aus dem Ruhrgebiet

Jürgen von Manger
Bleibense Mensch!
Träume, Reden und Gerede des Adolf Tegtmeier

W. Bergmann/W. Boschmann (Hg.)
Monsieur Paillot im Nirgendwo
Land und Leute aus der Sicht eines Revolutionsflüchtlings